LA MORT EXQUISE

Du même auteur :

Trinôme, en collaboration avec Richard Pérusse et Jacques Brault, Jean Molinet, 1957.

Vingt petits écrits ou le Mirliton rococo, Éditions d'Orphée, 1960.

Simone en déroute, Le Cercle du Livre de France, 1963.

CLAUDE MATHIEU

La mort exquise

nouvelles

préface
de Gilles Pellerin

L'instant même

Maquette de la couverture : Anne-Marie Guérineau

Illustration de la couverture : Richard Purdy
Andromaque (Unrestored), 1994
Huile sur toile (184 × 122,3 cm)
Collection Prêt d'œuvres d'art du Musée du Québec (CP.95.20)
Photographie : Musée du Québec, Patrick Altman

Photocomposition : CompoMagny enr.

Distribution pour le Québec : Diffusion Dimedia
539, boulevard Lebeau
Saint-Laurent (Québec)
H4N 1S2

Pour la France : La Librairie du Québec
30, rue Gay-Lussac
75005 Paris

865, avenue Moncton
Québec (Québec) G1S 2Y4

Dépôt légal — 3e trimestre 1997

Données de catalogage avant publication (Canada) :

Mathieu, Claude 1930-1985

La mort exquise

Éd. originale : [Montréal] : Cercle du livre de France, [1965].

ISBN 2-921197-96-0

I. Titre.

PS8526.A86M6 1997 C843'.54 C97-941122-X
PS9526.A86M6 1997
PQ3919.2.M37M6 1997

Nous remercions le Conseil des Arts du Canada de l'aide accordée à notre programme de publication, ainsi que la Société de développement des entreprises culturelles du Québec.

Classique à contretemps

Claude Mathieu occupe une place singulière dans nos lettres. En 1989, à la faveur de la première réédition de La mort exquise, *Gilles Archambault affirmait qu'« il y avait du Mandiargues et du Borges dans [la] manière [de cet] écrivain de haut vol [qui] vivait parmi nous ». Tous alors, lecteurs, critiques, professeurs, étudiants, éditeur, nous avons fait chorus, au point de parfois nous demander comment il avait été possible qu'on fût d'un autre avis, qu'on ne reconnût pas un écrivain phare à cette parenté élective qui liait Mathieu à ces deux géants de la prose moderne, parenté manifeste dans la richesse de son imaginaire et la maestria syntaxique qui traverse le livre comme un bonheur durable.*

Le livre en effet n'avait pas recueilli, à sa sortie en 1965, les éloges qu'il suscite maintenant, comme s'il avait paru trop tôt, figure perçue comme erratique dans la tourmente de cet icitte au nom duquel l'on prenait la parole ; il n'avait pas réussi à imposer définitivement un écrivain au talent déjà visible dans les arabesques des Vingt petits écrits ou le Mirliton rococo *(1960) et dans le roman* Simone en déroute *(1963) ; on ne s'était pas réjoui que surgît, à l'écart du réalisme poignant et nécessaire qui gouvernait la vie littéraire québécoise — et la gouverne encore, sans qu'il soit à coup sûr resté poignant et indispensable... —, que surgît, dis-je, un auteur sachant chanter autrement, sachant porter la voix sur un autre registre. « Je serais heureux qu'on le lise pour s'apercevoir une fois de plus que l'histoire littéraire est parfois une comédie des erreurs et des omissions », affirmait encore Gilles Archambault. Considérant que l'auteur se murera désormais dans le silence*[1] *jusqu'à sa mort, survenue vingt ans plus tard, l'on se dit qu'il y avait du lest dans le titre, un lest dramatique, sinon tragique. De quelle mort Claude Mathieu nous parlait-il donc ?*

*D'*icitte *il n'est pas question dans* La mort exquise, *et d'*ici *pas davantage : les seules références toponymiques locales nous amènent dans une maison des Laurentides et à la Bibliothèque de Montréal, lieu borgésien par excellence et porte d'accès aux esprits soucieux d'échapper à la loi du* hic et nunc *qui chez d'aucuns tient lieu de vérité littéraire. L'on est convié dans un univers de superposition : la figure de la spirale structure le recueil et lui confère densité et cohérence. Dans*

1. Claude Mathieu n'a plus fait paraître de livres de fiction ; le legs Mathieu à la Bibliothèque nationale du Québec comporte cependant un journal — qui ne sera accessible qu'en 2035.

le sillage de Théophile Gautier (homonyme imparfait de l'auteur du « Temps d'aimer », le personnage sans doute le plus tragique du recueil), l'art prend le relais, on décante le réel de ses impuretés, la mémoire peut s'inscrire dans la matière (une stèle, une fleur exotique) ou dans l'œuvre, grandiose comme dans la galerie chic d'une antiquaire, ou modeste comme dans la cellule d'un lexicographe besogneux. C'est ainsi que « l'homme pourrait en arriver à connaître tout du monde et à lui arracher son secret » (p. 61).

La catégorie du règne (animal, végétal, minéral) est pervertie : dans la nouvelle titre, Hermann Klock touche à l'expérience suprême du botaniste, soit la découverte d'une variété exotique. Un élément du réel existait dans la touffeur de la jungle, à l'insu de tous ; d'une certaine manière, l'anonymat condamnait cette portion du réel à l'inexistence. Un arbre fait-il du bruit en tombant si personne n'est présent pour entendre sa chute ? se demande-t-on parfois, sur le ton de la badinerie. Avant de devenir la Carnivora Breitmannia Klockiana, *une fleur existait pour elle-même ; n'est-ce pas la visée ontologique qui anime précisément les protagonistes du livre, frôlant toujours l'abîme de la mort exquise ? La réalité ontologique de la fleur carnivore est à ce point forte qu'elle donne en quelque sorte vie, une nouvelle vie, à celui qui entendait la révéler au monde en la baptisant, en lui donnant son propre nom. Nommer, classer, ficher tout Balzac (excusez du peu), inventorier,* borgéser, *voilà en somme comment exister dans l'univers de Mathieu !*

La science fait donc irruption, lexique latin et lunette à la main : l'on est alors clairement dans le monde de la synecdoque, de l'embranchement pour la classe, de la partie pour le tout, de l'un pour le multiple — et inversement. Alors « la nature globale de son expérience se fractionne à l'infini en éléments disparates et étrangers qui appartiennent en même temps à d'autres et à lui ; ou plutôt il devient les autres qui deviennent lui ; son aventure est arrivée à tous » (p. 12). L'on est dans le même ordre de passage *quand l'auteur use des propriétés optiques de la lorgnette de bijoutier pour ménager le passage vers l'autre monde, celui où l'on est parce que l'on sait.*

J'aurais grand tort de ramener le style de Claude Mathieu à une affaire de stylistique — ce que j'effleure néanmoins avec la badinerie de mise. Je ne me lasse pas, à chaque lecture de La mort exquise, *de la fusion des matières à laquelle il aspire — et parvient dans la mesure où pareille visée est atteignable. Fusion des règnes, fusion des figures dans le propos. À moins qu'ici aussi ce ne soit l'inverse qui soit en cause... Claude Mathieu, un temps négligé, appartient à nos classiques.*

Gilles Pellerin

La mort exquise

Le cerveau dans la décomposition fonctionne au-delà de la mort et ce sont ses rêves qui sont le Paradis.

Alfred Jarry

Se rappeler le cours des événements devient de moins en moins possible : l'actuelle joie d'Hermann Klock rayonne avec tant d'autorité qu'elle rejette dans l'ombre tout ce qui l'a précédée, si extraordinaire et marquant cela fût-il, et ne laisse plus d'existence à autre chose qu'elle-même. Simultanément, elle entrave les efforts de mémoire qu'Hermann Klock tente encore, mais qu'il ne tentera plus longtemps : il sent que sa joie lui fait oublier peu à peu jusqu'au goût de se souvenir.

A-t-il même jamais porté un nom ? Celui du botaniste Hermann Klock ? Celui d'Heinrich Schliemann ? Ou celui de n'importe qui ? Le souvenir de son nom, ou plutôt son nom lui-même le quitte, quand le nom *est* peut-être la personne qui le porte. Ah ! il faut pourtant que le nom ne soit qu'un signe, il le faut, pour permettre, à ce qui s'est possiblement appelé Hermann Klock, d'espérer que sans nom il vit encore !

Mais, en fin de compte, cela aussi perd insensiblement son importance. Pour lui désormais rien n'est remarquable, après son bonheur, sinon ce passé qui s'estompe avec une telle régularité qu'à brève échéance il finira sûrement par sombrer corps et biens dans le néant de ce qui n'a jamais existé ; il n'y aura pas non plus d'avenir, mais seulement un présent sans cesse recommencé d'indicible bonheur.

Avant de confier ses dernières bribes à une sorte de brouillard qui les absorbe, le passé s'effiloche et prend l'allure de choses immensément lointaines dans le temps et dans l'espace. Et le cerveau d'Hermann Klock conserve encore juste assez de ses mécanismes habituels pour s'étonner, sans plus, que la nature globale de son expérience se fractionne à l'infini en éléments disparates et étrangers qui appartiennent en même temps à d'autres et à lui ; ou plutôt il devient les autres qui deviennent lui ; son aventure est arrivée à tous ; c'est, par exemple, un légionnaire de Varus qui se penche avec lui sur une fleur germaine et chinoise, c'est le duc de Lauzun qui porte la petite boîte métallique du botaniste. Son aventure, qui a dû pourtant être très précise et précéder de peu la joie présente, se désagrège et diffuse ses éléments aux quatre points de la pensée et du monde en faisant de lui, Hermann Klock, tous et tout, partout en même temps.

Parfois, dans un reste de perception personnelle rapide comme une flèche, il lui revient, non pas l'image, mais l'odeur humide d'une forêt tropicale peuplée de bruits et de pénombre ; il revoit un instant l'envol des voûtes végétales d'où pendent des lianes qui accrochent leurs festons aux chapiteaux des verdures. Mais était-ce en Afrique ou en Asie ? En Allemagne ou au Brésil ? Le souvenir se perd à peine entrevu. Était-ce bien lui, Hermann Klock, botaniste d'Heidelberg, qui se frayait un passage dans cette forêt avec son matériel scientifique ? D'abord, portait-il le prénom d'Hermann et le nom de Klock ? Était-ce bien lui qui voulait étudier sur place la *Carnivora Breitmannia* découverte par Breitmann, son vénéré maître disparu en mission ? Était-ce lui ou un autre ? Ou bien personne ? S'agissait-il vraiment de la *Carnivora Breitmannia* ? D'ailleurs existait-elle seulement ? Comment être certain qu'elle avait été découverte, et par Breitmann ? Qui était ce Breitmann ? L'avait-il eu pour maître et l'avait-il vénéré ? Et lui, dans la mesure où il est, était, avait été le botaniste Hermann Klock, était-ce bien sur place qu'il voulait étudier la *Breitmannia* ? Voulait-il l'étudier ou tout simplement s'en faire un bouquet ? La fleur du reste poussait-elle dans cette forêt, et Klock l'y trouva-t-il ? Si jamais, évidemment, la *Carnivora Breitmannia* a existé, ne serait-ce qu'un tout petit instant, et a été découverte par Breitmann... si Breitmann a existé, a été botaniste... si un nommé

Hermann Klock a existé lui aussi, a été botaniste, a connu Breitmann et ensuite la *Breitmannia*... si celle-ci a jamais existé, ne serait-ce qu'un tout petit instant, et a été découverte par Breitmann...

En vérité, la réalisation de tant de conditions, au même moment de l'histoire, apparaît bien improbable.

Son cerveau fabrique maintenant des notions inhabituelles dont la bienheureuse évidence chasse peu à peu, par le doute, puis par la négation, les images d'auparavant.

* * *

Soudain, pour l'ultime fois, il est donné à Hermann Klock de se revoir, avec une déchirante précision qui ranime d'un seul coup les souvenirs de sa vie antérieure, il est donné à Hermann Klock de se revoir, un instant, penché sur un splendide spécimen de *Carnivora Breitmannia*. (Les revues savantes ont abondamment décrit, vers 1935, lors de sa découverte en Amazonie par Breitmann, cette fleur dont la corolle au repos ressemble à un globe rosâtre, fendue en son milieu, mais non pas jusqu'aux sépales ; au sommet, les lèvres de la fente ne s'appliquent pas étroitement l'une sur l'autre et ménagent ainsi un espace, comblé par des friselis légers et sensibles, d'un rouge ardent, semblables à de minces crêtes de coq plissées, et où se dressent huit antennes comparables aux barbes des félins.)

Le spécimen qui arrêtait Hermann Klock était admirable de dimension, et même de texture, selon ce que la vue pouvait sentir seule, sans le secours du toucher qui eût pu être dangereux ; mais son coloris surtout l'emportait sur le rose fade de la *Breitmannia* ordinaire ; elle montrait un rose soutenu, par endroits assez proche du rouge de la viande, et qui devenait, près des friselis, d'un pourpre violacé à reflets noirs. L'enthousiasme s'emparait d'Hermann Klock. Était-ce là une variété inconnue à ce jour et qu'il pourrait révéler au monde sous le nom de *Carnivora Breitmannia Klockiana* ?

Il chercha fiévreusement dans l'humus un insecte pour s'en servir comme appât ; il se vissa dans l'œil une petite lorgnette de bijoutier qu'il avait toujours sous la main dans sa boîte métallique. Attentif au plus haut point, l'œil en alerte pour observer l'intérieur de la corolle au moment où elle s'ouvrirait, il approcha l'insecte des antennes.

Que se passa-t-il ? Il n'en sait plus trop rien. Si, il commence à se souvenir. Peut-être. Un peu. Toutefois, dans sa mémoire qui se liquéfie, cela semble s'être déroulé, non pas à un seul endroit et brièvement, mais pendant des siècles à l'époque Ming, dans la Colonia Agrippina, aux Îles Fortunées, concurremment et successivement.

Un grand bruit l'a d'abord fait sursauter sans pour autant que son œil quittât sa lorgnette ; celle-ci lui montra, grossi une cinquantaine de fois, un gouffre rouge et duveteux, maintenu par des arcs-boutants d'une glu jaunâtre, tapissé de pustules et d'excroissances charnues semblables à des stalagtites et à des stalagmites. D'étonnement, Hermann Klock oublia de payer le prix d'un tel spectacle et laissa tomber son appât par terre ; mais son œil fasciné ne quittait pas la caverne restée ouverte d'attente, ni, au fond, le trou noir qui communiquait avec les mondes souterrains.

Chose curieuse, il se rappelle tout à coup, maintenant que l'exercice de sa mémoire est pourtant si difficile, une réflexion que son esprit avait alors à peine eu le temps de se formuler :

— Par mon bout de lorgnette, je *la* regarde, grossie cinquante fois, et on dirait que, par l'autre bout, elle me regarde, rapetissé d'autant...

Le bruit sec qui éclata à ce moment comme une détonation, et la lumière qui creva le feuillage avec une force et une soudaineté telles qu'elles rappelaient l'éblouissement de l'éclair, lui firent cette fois-ci perdre pied (peut-être). À moins qu'il ne se fût lui-même laissé aller ? À moins qu'il ne fût poussé, tiré, happé ? Comment savoir ? Et d'ailleurs cela l'intéresse si peu maintenant, cela tombe à jamais dans un doute, dans une négation insondables.

* * *

La mort (ou la vie) n'est plus qu'un instant éternel des plus ultimes délices. Plus rien n'existe désormais sinon de voguer ici, à l'intérieur, sur des ondes sirupeuses, au gré des spasmes et des stalagmites flexibles qui gouvernent Hermann Klock, le malaxent, le lèchent, le liquéfient, le digèrent, l'épuisent de caresses qui atteignent jusqu'à l'âme. Dans sa dérive il macère et se décompose. La glu qui l'environne et le pénètre va le faire à sa ressemblance ; il va devenir cette pénombre visqueuse allégée parfois par des lueurs qui traversent les parois ; (de celles-ci on distingue les fortes nervures et, au-delà, à travers une sorte de voile, on pressent des choses vagues un instant familières...).

Alors un chant s'élève, vertigineux, et c'est du bonheur qui se fait chant sans toutefois cesser d'être silence. La joie se répand en ondes mélodieuses, là-bas, ici, partout où roule mollement ce qui ressemble encore un peu à Breitmann, au maître achevant de se quitter, et qui ressemble plus à une masse d'harmonie en route pour le gouffre noir, pour l'entrée de la Terre-Mère où grondent les sèves millénaires.

De ce qui fut Hermann Klock s'élève aussi le même chant, le même triomphe ; et ce qui fut Hermann Klock devient à jamais le chant des bienheureux.

Les dîners chez Rachel

— Lionel, petit lion...

Je l'entendrais donc encore jouer avec l'étymologie de mon prénom, je ressentirais de nouveau cet inconfort qui m'envahissait chaque fois que je voyais les lèvres amères de Rachel s'ouvrir pour proférer mon prénom comme s'il eût été à la fois une prière et une injure, chaque fois surtout que j'entendais le son dur que pouvaient rendre ces syllabes qui m'avaient toujours auparavant paru douces...

En rentrant chez moi, j'avais trouvé dans l'assiette de cuivre du hall l'un de ces beaux vélins sur lesquels Rachel avait coutume de rédiger ses invitations.

Lorsque mes amis s'étonnaient devant moi de ce que je fusse encore invité quand eux ne l'étaient plus, il m'arrivait de me demander pourquoi Rachel me priait à dîner alors qu'elle-même avait pris soin de dégarnir systématiquement sa table de tous ses autres convives. Qui connaît Rachel sait que je n'ai dû cette triste faveur à l'amour ni à l'amitié : Rachel ne pouvait plus depuis longtemps aimer âme qui vive. Elle n'eut pour moi, je pense, que la familiarité que l'on éprouve pour des meubles auxquels l'œil s'est fait peu à peu. Il est probable que ce sont les circonstances qui m'ont accordé le rôle de dernier invité ; mais elles auraient pu choisir avec moins de bonheur et tomber sur quelqu'un qui détestait Rachel plus que moi. Quant à l'ultime témoignage que je suis en mesure de porter sur cette femme, sur sa chute ou sur son apothéose, je ne le dois, j'en suis sûr, qu'au hasard.

* * *

Dernier convive à sa table où j'avais vu s'assembler tout ce que la ville compte de naissance, d'esprit, d'élégance et de fortune, je savais fausses les méchancetés que répandaient dans les salons les mauvaises langues dépitées de ne plus être priées à dîner chez Rachel. Par exemple, à un visiteur qui s'étonnait discrètement de la trouver chez elle le soir où d'habitude elle dînait chez Rachel, la doctoresse Henriquez-Decaux dit un jour :

— Les dîners chez Rachel ? Mais, mon cher, personne n'y va plus, sauf le petit Lionel. Ils devenaient si ennuyeux qu'on avait l'impression de répéter chaque semaine la dernière Cène. Il y a eu jadis *une* dernière Cène et ce fut assez.

Ce n'était pas à la doctoresse de parler ainsi, elle qui naguère avait consenti à bien des humiliations pour obtenir une toute petite place, ne fût-ce qu'au bas bout d'une table si prestigieuse.

Et elle ajouta perfidement :

— Quant au petit Lionel, Rachel veut sans doute se le mettre de côté ; lorsque tous l'auront lâchée, Lionel pourra lui rendre quelques bons offices.

Cette explication se propagea, gagna des apôtres et enfin rallia la plupart des suffrages, parce qu'elle exprimait tout haut ce que beaucoup de personnes disaient déjà tout bas, et parce qu'en faisant croire qu'ils ne fréquentaient plus chez Rachel de leur plein gré, elle fournissait aux convives éconduits une raison de leur disgrâce qui ne leur fût pas une offense et qui mît un baume sur leur dépit.

* * *

Le vélin que je tenais avec embarras entre mes doigts, je le pressentais l'un des derniers, sinon le dernier, que je recevrais. La logique sans faille qui avait présidé à l'établissement du désert autour de Rachel exigeait qu'il devînt complet. Car je ne pouvais m'aveugler jusqu'au refus de voir la régularité systématique avec laquelle le désert avait gagné du terrain et s'était répandu comme une épidémie qu'on favorise. Quant à moi, je n'étais plus que la dernière trace de végétation et il ne fallait pas être grand clerc pour en prévoir la destruction prochaine.

D'ailleurs, en réunissant certains petits faits à des bribes de confidences qu'au cours des ans

Rachel m'avait jetées avec négligence, je n'étais pas convaincu de ne pas pressentir les choses et leur conclusion possible.

* * *

Rachel avait eu à subir les persécutions nazies. Après avoir vécu plusieurs jours dans un cachot et attendu de seconde en seconde la fusillade, après avoir constaté que son attente ne se terminait pas, Rachel se crut abandonnée. La faim l'en convainquit bientôt : on ne lui apportait pas à manger. N'imaginant pas, comme elle eût pu ou dû le faire, que c'était là justement la mort qu'on lui avait préparée, elle ne perdit pas un seul instant la certitude qu'on l'avait oubliée dans sa prison comme on oublie un journal sur la banquette d'un train ; mais le wagon de Rachel demeurait immobile et verrouillé ; de plus, ce n'était pas le wagon-restaurant. Elle ne fut libérée, une semaine après son incarcération, qu'à l'arrivée des Américains qui la trouvèrent par hasard.

Pour Rachel, l'expérience la plus douloureuse ne fut pas tant celle de l'emprisonnement que celle de la faim.

Un jour qu'elle avait un peu bu — il fallait cette circonstance pour dénouer de tels aveux chez une femme rendue par ses malheurs au plus haut point secrète — elle me demanda durement :

— Savez-vous, petit lion, ce qu'on peut faire quand on a faim, le savez-vous ?

Je fis un vague mouvement des épaules.

— Voici. L'humidité suintait des murs de mon cachot, qui devait être souterrain, et c'est cela qui me fournit ma pâture. Savez-vous ce que c'est, Lionel, que de tenir sous ses yeux, entre deux doigts prudents, de peur de se souiller les mains, quelqu'un de ces insectes nés, dirait-on, de l'humidité même, de le mettre avec dégoût dans sa bouche et de l'avaler sans le mastiquer afin de ne pas entendre sous la dent craquer la carapace ? Comprenez-vous ?

Si je ne pouvais pas comprendre, j'essayais au moins d'imaginer, et c'était horrible.

— Quand la faim n'arrivait pas assez vite à l'emporter sur la répulsion, quand je tenais trop longtemps ces insectes devant mon regard et que leurs pattes crochues s'agitaient dans le vide, quand, pour certains, il me semblait voir leurs yeux opaques se fixer dans les miens, je n'avais pas le courage de me mettre cela sur la langue sans l'envelopper dans un morceau d'un vieux journal qui pourrissait dans un coin et que j'économisais à cet usage.

Elle ajouta, sans trop d'amertume cette fois :

— En fait, et cela fut vraiment providentiel, je survécus grâce à la présence dans mon cachot d'un bidon aux trois quarts plein d'une eau pas trop putride ; sans doute la fine pellicule de mazout qui irisait sa surface l'avait-elle préservée de la complète corruption.

* * *

Quand un peu d'ordre revint dans le monde, Rachel recouvra ses biens en grande partie. Mais de sa famille, de son mari, nulle trace. Elle se fit construire sur le bord du lac un palais dans le goût du jour, aux murs percés de larges fenêtres, et l'entoura de jardins fermés par des grilles. C'est là que, avec une dépense et un faste qu'on n'avait pas vus depuis la fin de la guerre, elle reçut beaucoup, pour oublier et pour s'étourdir, ou plutôt, comme elle me le dit elle-même, pour se convaincre qu'elle vivait encore. Elle donnait à dîner avec le luxe de qui voudrait célébrer un sacrifice pour remercier les dieux de la grande faveur de pouvoir manger.

Mais, c'était à prévoir, Rachel se lassa vite de ces beaux esprits qui péroraient tant qu'ils ne mangeaient qu'avec distraction une chère pourtant exquise. Je le compris clairement un jour.

Le consul Dutard venait de raconter, brillamment, ma foi, une fort jolie histoire de son pays et on lui faisait fête. Quant à Rachel, dont les traits me parurent ce soir-là particulièrement soucieux et tendus, elle regardait avec perplexité l'assiette du causeur où refroidissait un bon morceau. Le consul y picorait sans appétit en répondant aux questions de la société. Je vis Rachel contempler avec une douleur croissante l'assiette ravagée et encore pleine du consul. Je vis Rachel pâlir. J'étais tout attention. Aussi pus-je distinctement l'entendre dire au consul, que l'attention générale avait quitté :

— Vous n'aimez donc pas cette cuisse de poulet pour la traiter ainsi ?

La suprême impolitesse de cette remarque fit rougir le consul qui, comprenant que le reproche visait surtout sa loquacité, se tourna avec surprise vers Rachel, sa voisine. Pendant une fraction de seconde, elle eut l'air hagard, mais, éclatant de rire, elle se ressaisit assez vite pour que le consul pût douter d'avoir vu la moindre trace d'égarement sur le visage de son hôtesse. Avec beaucoup de grâce, avec toutes les ruses qu'une femme du monde déploie pour transformer une gaffe en gentillesse, Rachel réussit à faire croire au consul, sans le lui dire expressément, qu'il s'agissait là seulement d'une taquinerie dénuée d'importance et dont l'audace même montrait bien l'affectueuse familiarité qui les unissait tous les deux.

J'étais extrêmement mal à l'aise. Par bonheur, personne à part moi ne semblait avoir entendu cette conversation fort déplacée. Il était pour moi facile de deviner à quelle terreur intime faisait écho la remarque de Rachel ; c'était dans le silence et la solitude qu'elle avait goûté profondément, elle, à l'insecte poilu qu'on avale encore vivant.

Plus clairvoyant et peut-être aussi plus capable d'imaginer et de craindre les progrès de la déraison chez Rachel, j'aurais pu prévoir la suite et tenter d'en endiguer les ravages.

* * *

C'est à partir de ce moment que l'atmosphère des dîners chez Rachel se mit à changer plus rapidement. J'ai déjà dit que, par sa volonté, la presse se faisait de moins en moins grande à sa table. On y parlait aussi avec beaucoup moins d'abondance et de brio, non seulement parce qu'on y était moins nombreux, mais aussi parce que Rachel, sans avoir encore assez de sans-gêne pour demander le silence, n'encourageait cependant pas les conversations. On la voyait manger avec l'attentive piété de qui participe à une cérémonie sacrée. Par politesse et par mimétisme, les convives essayèrent un temps d'imiter cette bizarrerie. Ce fut sans plaisir.

En un sens, la doctoresse avait eu raison de parler de dernière Cène ; mais elle se trompait quand, bassement, elle ironisait sur des circonstances dont elle ne pouvait comprendre la gravité.

Si la table de Rachel se vida insensiblement de ses convives et de leurs conversations, la salle à manger aussi se dépouilla peu à peu de ses meubles. L'hôtesse se mit sans doute à les considérer comme des éléments de distraction. La gradation se révélait si parfaite qu'on ne remarquait pas au début la disparition d'un tableau ou d'une desserte ; à cette époque d'ailleurs, les quelques bons mots qui circulaient encore pouvaient occuper l'esprit des convives. Mais le départ d'un meuble important ou du tapis attirait soudain l'attention sur l'absence de plus petits objets à laquelle on n'avait pas pris garde auparavant.

La rumeur courut dans le monde que des revers financiers obligeaient Rachel à vendre son mobilier au détail. Il est vrai que la vente de ses meubles lui eût été d'un bon rapport : ils étaient fort beaux. Mais moi, instruit des affaires de Rachel, je savais au contraire que les pétroles du Venezuela ne cessaient de monter et que Rachel en ressentait les bénéfiques effets.

La raison de ce dénuement progressif résidait dans une exigence intérieure plus puissante que toutes les conventions mondaines. Je m'en rendais si bien compte que je m'attendais un jour à ne trouver plus chez Rachel, si toutefois j'y étais encore invité, que le vide complet.

* * *

Aussi, au reçu de l'invitation dont j'ai parlé, me sentis-je particulièrement inquiet et curieux à la fois.

Je m'apprêtais à sortir de chez moi. Un dernier coup d'œil à ma cravate, à mes cheveux, une dernière vérification du contenu de mes poches : clés, cigarettes, billets, et j'allais ouvrir la porte. J'en étais d'ailleurs si près que le coup de sonnette qui retentit à ce moment me fit sursauter. J'ouvris aussitôt et je me trouvai devant le chauffeur de Rachel. Après m'avoir remis un mot, il voulut prendre congé. Je le retins.

— Mais il n'y a pas de réponse, dit-il.

— Attendez quand même un moment, je vous prie.

Il semblait nerveux. Je déchirai l'enveloppe et lus :

Ne venez pas, petit lion, s'il vous plaît. Je dois désormais être seule.

Les énormes lettres moulées, l'encre rouge, les mots soulignés de deux gros traits baveux et malhabiles, le verbe *dois* encadré par un rectangle me parurent pour le moins bizarres et peu dans les habitudes d'une femme du monde.

Je levai les yeux sur le chauffeur. Autant que le billet lui-même, sa perplexité m'inquiéta.

— Madame n'est pas bien ?

— Madame est bien, Monsieur.

— Alors, qu'y a-t-il ?

— Mais rien, Monsieur.

Je me refusai avec peine la bassesse de forcer le silence d'un domestique aussi bien stylé et je le laissai partir.

Je ne tenais pas en place. J'arpentais ma chambre. Je fumais cigarette sur cigarette. Je sortis enfin dîner au restaurant. Sans m'allonger beaucoup, je passai devant chez Rachel. Les grilles étaient fermées et la façade sans lumières. Je me décidai à entrer dans le parc par une petite porte que les intimes savaient toujours ouverte. Je fis le tour de la maison. Arrivé à l'arrière où se trouve la salle à manger qui donne sur le lac, j'eus la surprise de voir un menuisier en train d'en condamner la grande porte-fenêtre par des planches qu'il clouait horizontalement.

Il répondit à mon regard interrogateur par une moue d'ignorance. Ayant commencé son travail par le bas, il avait atteint les trois quarts de la porte. Je l'interrompis.

— Permettez, un tout petit instant.

Je me haussai sur la pointe des pieds pour jeter un regard à travers l'espace encore libre.

J'avais devant moi, dans toute sa longueur, la salle à manger vidée de ses meubles ; il n'y restait plus que la grande table dont la nappe blanche touchait presque la terre et qui ne portait rien d'autre qu'une assiette, au bout le plus éloigné de moi, devant laquelle Rachel se trouvait assise. N'ayant de fenêtre que celle que l'on condamnait, la pièce me rappela, d'où je la voyais, une boîte de carton blanc, percée, au fond, d'une porte qui ressemblait à une prise d'air, et où se trouvait un insecte prisonnier.

Ainsi donc sa folie exigeait une retraite si exclusive que la vue du lac lui portait atteinte ? À moins que ce ne fût la lumière du jour qui la dérangeât ? Comme éclairage, Rachel n'avait gardé que l'énorme lustre de cristal. Mais son éclat la fatiguait sans doute : elle l'avait fait descendre jusqu'à ce que ses plus basses bougies touchassent le parquet et, pire encore, elle avait disposé sa table et son couvert de sorte que le lustre se trouvât dans son dos ; d'ailleurs si exactement dans son dos que, de mon poste, Rachel m'apparaissait comme une silhouette noire dont les contours seulement s'environnaient d'une frange de lumière, ainsi qu'un astre éteint superposé à un astre lumineux s'entoure d'un cercle de feu. Le contre-jour m'empêchait de reconnaître la robe de Rachel ; mais les larges épaulettes de celle qu'elle portait ressemblaient à des ailes.

Vit-elle au-dessus des planches ma figure éclairée de face par le lustre ? Je ne sais, mais j'eus l'impression que Rachel leva sur moi un regard chargé d'indifférence. Elle prit calmement sa tête dans ses mains. Les jeux d'ombres sur les murs blancs les allongeaient en palmes aux doigts griffus.

Le pèlerin de Bithynie

René Charland sacerdoti ut ego
inscriptionum latinarum amatori.

I

Ce jour particulièrement beau de printemps, le professeur Mark Cecil Black, directeur de l'Institut de langues classiques de l'Université de X., a été manœuvré par une série d'admirables hasards. Éperdu de surprise et trop proche des faits, il ne distingue pas encore précisément la logique interne de l'engrenage ni ses intentions, et encore moins s'il en est la victime ou le héros. Il doit attendre un peu de recul — si jamais il lui en est donné — pour pouvoir ne contempler de l'aventure que son squelette enfin débarrassé de la chair des circonstances adventices dont le rôle avait été de le cacher et de le fondre mieux dans la réalité quotidienne.

Au point où il en est, assis la tête dans ses mains à sa table de travail, dans son appartement de veuf solitaire, il se pressent désigné par une volonté qui l'attendait depuis deux cents ans peut-être. Sa pensée se change ce soir en inquiétude et en effroi. Par qui a-t-il été choisi et à quelles fins ? Et pourquoi lui ?

Son état ressemble à celui de qui s'amuse à faire dans la rue vingt pas les yeux fermés, privé de l'appui immatériel qui se tisse entre l'œil et le décor extérieur.

* * *

Le bouquiniste Cramer lui avait ce jour-là annoncé au téléphone un arrivage de livres d'occasion capables d'intéresser un philologue.

En quittant l'université, le professeur résolut, à cause du beau temps, de marcher jusque chez Cramer, même si ses vieilles jambes lui faisaient d'habitude prendre l'autobus. Mais maintenant, après coup, il s'expliquait avec peine cette décision d'autant plus étonnante que le trajet n'était pas court ; il ne trouvait plus suffisant d'invoquer comme raison le printemps et le soleil ; aussi bien devinait-il aujourd'hui derrière sa résolution quelque impondérable, car rien ne serait arrivé s'il avait pris l'autobus.

En effet celui-ci le déposait d'ordinaire à l'arrêt au-delà de la boutique de Cramer parce qu'il en est plus rapproché que l'arrêt en deçà ; en venant de l'ouest, le professeur descendait donc à l'est de la boutique, quitte à revenir sur ses pas pour une courte distance. Ce jour-là, à pied, il arriva directement de l'ouest ; mais c'est là une façon de parler, puisque le professeur n'arriva pas chez Cramer.

Juste avant la boutique du bouquiniste, précisément devant l'immeuble voisin, il fut arrêté par une plaque posée sur la porte de l'escalier qui montait au premier. Il y lut : *Théodore Divimunian, livre d'occasion, livre rare.* Les deux singuliers le firent sourire ; le libraire, se dit-il, devait faire bien peu pour savoir si mal sa langue ou vivre bien pauvrement avec un seul livre à vendre.

Puis, ce bouquiniste, il s'étonna de ne pas le connaître, lui qui n'en ignorait aucun de toute la ville, à cause des recherches qu'il leur confiait pour lui-même ou pour la bibliothèque de l'Institut. Et parce que la moitié de ses sous, il ne savait trop comment, finissait toujours par échouer sur leurs comptoirs. Et puis, c'était la porte voisine de Cramer...

— Il est vrai que j'arrive toujours par l'autre côté, mais quand même... À moins que son installation ne soit très récente ? Je demanderai à Cramer.

Pourtant, la plaque décolorée par l'âge ne semblait pas annoncer un établissement bien nouveau.

Par curiosité, il monta. Il ouvrit là-haut une porte qui montrait la même plaque, vieille elle aussi. La pièce dans laquelle il entra paraissait entièrement nue et inhabitée. En cherchant de l'œil, il ne vit pour tout étalage, au fond, à droite, qu'un petit mur exactement carré, occupé par des livres. Avant de s'y rendre, le professeur attendit qu'on vînt. Personne. Ne l'ayant pas entendu entrer, le libraire se trouvait probablement dans la pièce attenante, fermée par un rideau. Le professeur toussa, fit volontairement claquer ses talons sur le parquet pour signifier sa présence. En attendant, il regardait de loin le carré d'un jaune grisâtre, brochures défraîchies qui n'annonçaient rien de bon. Il n'y avait en fait, dans la mesure où la distance lui permettait cette certitude, qu'une reliure, placée au centre exact du carré, au point de rencontre des deux diagonales, selon une symétrie décorative que le professeur jugea exagérée.

Déçu, il allait sortir sans se donner la peine de pousser plus loin son investigation quand un petit vieillard vêtu de gris souleva le rideau d'un air extrêmement triste. Le professeur s'étonna de voir cette tristesse se changer, à la vue du client, en un sourire de soulagement. Pris au piège, il demanda la permission de jeter un coup d'œil sur les livres. Le libraire l'invita à le faire d'un grand geste de la main qui paraissait théâtral, peut-être à cause du rideau, et dit quelques mots en une langue inconnue du professeur mais qui lui sembla d'origine latine. Avant de se diriger vers les livres et bien qu'il n'attendît pas de réponse intelligible, le professeur ne put se retenir de demander l'âge de la librairie. Paraissant avoir compris, le vieillard lâcha le rideau, montra ses dix doigts et prononça plusieurs phrases non plus compréhensibles que les autres, mais où, chose étrange, le professeur crut repérer cinq mots de sa langue perdus parmi les mots étrangers :

— ... j'attends ici depuis dix ans...

Il ne s'en étonna pas longtemps, car, après avoir vérifié par d'autres questions qu'il ne comprenait pas un mot des réponses du libraire, il se convainquit vite d'avoir mal entendu ou d'avoir entendu, par une sorte de secours que sa vue aurait apporté à son oreille, ce qu'indiquaient les dix doigts ouverts.

En fait, il avait certes mal entendu, mais pas ainsi qu'il le pensait, car le vieillard avait dit :

— ... je *vous* attends ici depuis dix ans...

Il fit un sourire au libraire, sans doute quelque malheureux émigré arménien qui n'avait pas encore eu le loisir de se familiariser avec la langue de son pays d'adoption. Puis il alla lire le dos des ouvrages sans se donner la peine de les tirer de leurs rayons pour les examiner. Il commença par le coin supérieur gauche : des romans vieillots, sans valeur littéraire ou pécuniaire, et qu'on trouve partout ; des numéros dépareillés et récents de revues féminines.

Par acquit de conscience et surtout par charité, car il sentait dans son dos le libraire qui l'observait avec le même sourire vénal, il décida d'acheter un livre de quelques sous qu'il oublierait sur la banquette de l'autobus ou qu'il jetterait en arrivant chez lui. Il prit un ouvrage au hasard et l'ouvrit : les pages en étaient complètement blanches. Il en prit d'autres et constata le même phénomène. Il commença à craindre d'être entré chez quelque toqué ; avec déplaisir et avec une inquiétude croissante, il sentait toujours le vieillard dans son dos et hésitait à se retourner, incertain de l'attitude à prendre. Sortir résolument ? Se montrer vexé ? Rester et faire mine de rien, regarder en complice les ouvrages comme s'ils étaient imprimés, en acheter un et s'en aller pour en finir ? Il eut soudain la curieuse impression que le libraire ne se tenait derrière lui que pour lui barrer le chemin. Outré maintenant plus qu'effrayé, il sentit monter en lui un sentiment de colère né du ridicule de la situation et de la crainte qu'on ne se moquât de lui. Aussi se retourna-t-il pour vérifier l'attitude du vieillard et, si la chose était possible, pour sortir avec l'insolence du client mal servi.

Le libraire se tenait vraiment sur son chemin et lui faisait signe, avec un sourire semblable maintenant à celui d'un idiot, de continuer à regarder les livres. D'un coup, la colère du professeur tomba pour faire place à une peur d'autant plus grande que les circonstances paraissaient plus bizarres, et il se soumit à l'injonction sans même songer à passer outre ; il se sentit rapetissé et tremblant comme un enfant devant un adulte chargé d'autorité.

Il se retourna vers les livres et continua, sans rien voir, à les passer en revue. En regardant de la gauche vers la droite, il arriva insensiblement au centre du carré de livres, au rayon du centre et au centre du rayon, à la reliure qu'il avait repérée parce qu'elle tranchait sur le papier jauni des brochures environnantes. Le vieux dos de chagrin n'était gravé que de deux lettres : *R.I.* Il tira l'ouvrage et l'ouvrit sans curiosité à la page de titre.

Ses mains se mirent à trembler. Il voulut d'instinct, comme si c'était du feu ou une ordure, le remettre vite sur le rayon, le déposer quelque part, s'en défaire de quelque façon. Le souvenir du libraire derrière lui l'invita à se calmer, à prendre un air désinvolte ; il réussit à montrer un dos impassible, mais son visage était hagard.

Ce qui lui brûlait les mains n'était pas une liasse de feuilles blanches reliées, mais un livre rarissime, unique même, dont la trace s'était perdue depuis cent cinquante ans, au point que les bibliographies savantes en niaient l'existence ; le professeur Black lui-même avait naguère publié mémoire sur mémoire pour prouver que cet ouvrage n'avait jamais eu qu'une existence mythique. Incrédule, il relut la page de titre et y vérifia qu'il s'agissait bien du Rufus Itinerans publié à Leipzig en 1725.

Le professeur demeura un instant immobile pour se forcer au calme. Sa raison reprenait insensiblement son exercice et le convainquait qu'il y avait erreur ou supercherie, d'autant plus que le livre était marqué à deux dollars dans un temps où les bouquinistes connaissaient trop leur profession pour se défaire d'un ouvrage rare sans en demander un prix insensé. Le professeur devenait même si sceptique qu'il rangea le livre et y renonça.

En se retournant imperceptiblement, il crut se rendre compte du coin de l'œil que le vieillard avait perdu son sourire, que son visage affaissé trahissait une tristesse chargée de déception.

En fin de compte, puisque le professeur ne voulait pas sortir les mains vides, aussi bien emporter ce bouquin-là. Il le reprit, alla vers le libraire qui ne semblait plus lui barrer le chemin et qui avait retrouvé un sourire rempli de sérénité. Le professeur lui montra le prix avec l'air interrogateur de qui veut en vérifier l'exactitude. Le libraire fit oui de la tête et des yeux, indiqua même avec un doigt qu'il le lui laissait à un dollar. Puis à la fin, il le lui mit gratis dans sa poche comme s'il ne demandait pas mieux que de s'en défaire.

Le professeur sortit en n'étant plus capable de s'étonner de rien. Il n'était plus question d'aller chez Cramer. Il sauta dans un taxi et revint chez lui en hâte pour vérifier dans ses bibliographies l'authenticité de l'ouvrage.

* * *

Le magistrat romain du quatrième siècle que la postérité a surnommé Rufus Itinerans a vécu sans songer que, après tant d'années, de bons esprits s'occuperaient encore de son souvenir, de sa vie, de ses pensées, ressusciteraient son œuvre et en prolongeraient le rayonnement pendant des siècles, sans doute pendant des millénaires.

Mais les temples et les cérémonies que Rufus avait décrits, les inscriptions religieuses qu'il avait relevées sur ses tablettes au hasard de ses déplacements de haut fonctionnaire n'avaient pas eu pour lui le seul intérêt de l'aide-mémoire, puisqu'il avait organisé et publié ses notes.

Dès ce moment, pour des générations multipliées pendant des siècles et subdivisant à l'infini leur arbre généalogique, ne parlant seulement plus sa langue, dispersées à des milliers de kilomètres sur des continents dont il n'avait même pas soupçonné l'existence, Rufus sauvait de la destruction des documents sur un monde qui allait bientôt s'écrouler, malgré l'admirable aveuglement du Peuple-Roi qui, jusque dans sa chute, se croyait encore élu par les dieux pour gouverner à jamais l'univers et y répandre la paix civilisatrice.

Rufus avait trouvé depuis des centaines d'années des exégètes de toute qualité et dont le moindre n'était pas, au vingtième siècle, le professeur Mark Cecil Black. À cause de leçons très remarquées dans des universités anglophones et de mémoires dispersés dans des revues savantes, travaux qui avaient tous contribué à renouveler nos connaissances sur Rufus, le professeur avait toujours conservé pour le magistrat romain la tendresse que ressent l'artisan pour une œuvre qui lui a demandé beaucoup d'effort. Aussi bien le professeur ne laissait-il rien passer des publications récentes sur Rufus et s'enorgueillissait-il du plus bel ensemble sur le voyageur latin dont pût se venter bibliothèque particulière.

Aussitôt rentré de la boutique du bouquiniste, il prit la grande *Bibliographia Rufiana* in-quarto de Bettencourt, érudit français du dix-neuvième siècle, dont l'ironie et l'incrédulité, si propres aux gens de ce pays, l'irritaient aujourd'hui, évidemment, plus que d'habitude encore, et y retrouva vite le passage qu'il cherchait :

Outre les éditions de Rufus Itinerans que je viens de citer, certains auteurs croient qu'il en existe une autre, rarissime, à tel point du reste que je n'ai pu la consulter. Son caractère remarquable lui viendrait, rapporte-t-on, de ce que la fin du huitième chapitre sur les temples de Bithynie comporterait un passage d'une douzaine de lignes dont on ignorerait complètement l'origine manuscrite, qui ne se retrouverait dans aucune autre édition et dont les assertions n'auraient pu être vérifiées, sans doute parce qu'aucun savant, ou presque, n'aurait eu l'occasion d'en prendre connaissance. Mais ce livre, prétendument publié à Leipzig en 1725, serait aujourd'hui unique ; on aurait même perdu la trace de cet ultime exemplaire, signalé pour la dernière fois, en 1819, par le docteur Kröger de l'Université d'Upsal.

Il est remarquable que ces ouvrages extraordinaires se révèlent toujours si rares et inaccessibles qu'on ne peut jamais vérifier les mérites que d'aucuns leur trouvent. Mon avis est qu'il s'agit là d'une supercherie à laquelle j'ai déjà consacré trop de recherches, ou que, si le livre existe, le passage en cause n'est qu'une addition apocryphe d'un copiste ou d'un éditeur en mal de commentaires.

Le professeur reprit le livre qu'il venait d'acheter, ou plutôt de recevoir en cadeau ; pendant cinq secondes, il hésita, pensif, la main sur le plat de la reliure. Puis, le livre ouvert à la page de titre, il y relut avec certitude : *Lipsiae MDCCXXV*. Il alla prendre ses trois autres Rufus pour comparer la fin du huitième chapitre. L'examen des quatre éditions montra que seule celle de Leipzig comportait douze lignes d'un appendice assez plat dont voici la traduction :

Je me suis laissé dire par les gens du cru qu'un riche et noble Romain a fait élever l'an dernier sur la fine pointe du promontoire de Magnabella un autel à Cybèle, la Grande Mère des dieux ; il est, m'a-t-on dit, de marbre blanc gravé d'une inscription dédicatoire. Entretenu par le donateur, un prêtre y offre régulièrement des sacrifices qu'agrée la Grande Mère, puisque les entrailles des victimes y sont toujours favorables. Ce que j'en rapporte, je le sais par ouï-dire car, arrivé de nuit à Magnabella, j'ai dû, rappelé d'urgence par le service du Prince, en repartir dès l'aurore, sans m'arrêter pour voir et décrire cet autel assez ordinaire, semble-t-il ; du reste, il n'entre pas dans mon propos de consigner dans ce chapitre des lieux de culte autres que les temples.

* * *

C'en était fait.

Une fois certain de l'authenticité de l'ouvrage, le professeur Black pouvait se croire, plus que le dépositaire d'un bien précieux, l'élu du hasard. En jonglant avec les *si* de son aventure et avec bien d'autres qu'il inventait, il parvenait à un point où s'emparait de lui le vertige des possibles. Il maintenait un fragile équilibre et s'agrippait au bord d'une sorte de gouffre, en passe d'y tomber toujours et n'y tombant jamais, sans s'avouer que le malheur consistait justement à résister au vide quand le bonheur aurait été de s'y laisser aller.

Le professeur ne pouvait croire, dans ses pires moments de lucidité, à une si longue succession de hasards : ceux-ci montraient en effet, organisée par une volonté anonyme, une logique si évidente qu'elle causait chez lui le malaise de celui qui se souvient d'avoir reçu un message important sans se rappeler lequel. D'autres se seraient simplement réjouis de tomber sur un livre précieux, lui se croyait maintenant une vocation supérieure, à laquelle il s'agissait de répondre sans la connaître. Mais il pouvait encore choisir de se dérober à ces prodiges en rendant le livre au bouquiniste.

Par lassitude, il tenta de retrouver la librairie ; elle avait déjà cédé la place à un atelier de couture dont la plaque, plus petite, laissait voir le trou des vis de la précédente.

Le professeur mit alors le Rufus sous clé dans un tiroir, comme on le fait pour les objets précieux et qui causent des soucis.

Dès lors il devint d'une grande distraction. À des nombres difficiles à exprimer, il s'apercevait tout à coup qu'il comptait mentalement il ne savait trop quoi ; sur le trottoir, il se surprenait à faire des prodiges d'adresse pour éviter de poser le pied sur les rainures. Il lui arrivait de parler seul et à haute voix, le plus souvent en latin. À l'université, il interrompait ses exposés quelques secondes, l'œil vague comme s'il avait perdu le fil de ses paroles et se demandait la raison de sa présence dans cette salle, devant ces trente personnes. Lui qui d'ordinaire donnait des leçons non seulement très au point mais aussi si persuasives qu'elles semblaient, relevant de l'apostolat autant que de la science, vouloir convertir les auditeurs aux religions orientales du monde romain, il ne parlait plus désormais que d'une façon terne d'une discipline grise et sans vie : pour la première fois de sa carrière, le professeur Mark Cecil Black décevait.

Même sa fille Barbara, chez qui il dînait le dimanche, s'inquiétait de sa santé. Mais, encouragée par son père, elle mettait cette fatigue et ces préoccupations sur le compte d'une année universitaire particulièrement lourde et qui par bonheur touchait à sa fin.

Aux yeux du monde, le professeur paraissait donc épuisé.

Lui, toutefois, à force de s'interroger, connaissait exactement la cause de son état ; ce n'avait jamais été la valeur pécuniaire du Rufus de Leipzig, et ce n'était même plus les circonstances de sa découverte qui l'inquiétaient maintenant. Peu à peu l'aspect scientifique du problème avait pris le dessus ; et le professeur se savait le seul à pouvoir le résoudre.

Il n'avait pas en vain l'habitude de ces recherches ingrates où l'homme de science se débat dans l'isolement. Jadis, au début de sa carrière, il avait accepté cette règle du jeu en choisissant le point précis des connaissances humaines qui allait devenir son champ d'exercice propre. Depuis, en souris patiente, il y creusait aveuglément son trou qui, avec le temps et le travail, était devenu si étroit et si profond que personne d'autre que lui ne pouvait plus y entrer. La terre qu'il rejetait à la surface à mesure qu'il creusait se changeait en publications érudites qu'il lançait dans le monde pour témoigner de la profondeur à laquelle il avait atteint et pour instruire les gens de l'extérieur de ce qui se trouvait au fond.

Que cherchait le professeur, si loin de la surface où les humains sont heureux, vont se baigner dans un lac, dansent toute la nuit du samedi ? Il ne savait trop. Mais il cherchait quelque chose.

Comme sans doute les savants de toutes les disciplines — dont les trous, au fond, se rejoindraient peut-être un jour par des galeries horizontales — la cruelle passion le poussait de savoir toujours un peu plus, de comprendre toujours un peu mieux. Mais savoir et comprendre quoi au juste, c'était trop demander.

Bref, ce qui le préoccupait maintenant dans le Rufus de Leipzig au point de rejeter le reste dans l'ombre, c'était l'authenticité de l'addition au huitième chapitre. Après avoir vainement retourné la question de tous les côtés et épuisé les arguments de critique interne, il ne trouva qu'un seul moyen de savoir, mais définitif.

II

Par ce matin torride de la canicule, le petit port turc où le professeur Black avait le soir précédent touché la terre de Bithynie sentait l'orange et le poisson mort.

Lui dont un seul lieu, une seule idée fixe aiguillaient les pas et l'esprit, il se résigna avec peine à consacrer un temps si précieux aux formalités et aux soins de son installation. Mais sitôt qu'il le put, le professeur se mit en quête du promontoire de Magnabella.

La chaleur avait vidé de ses passants le chemin de terre battue que lui avait indiqué un plan des environs de la ville, de même que les sentiers qui s'égaraient dans les broussailles et dans les champs. Le professeur avançait à pas réguliers, à travers le grincement des cigales qui sciait l'air, dans des nuages de sable soulevés par on ne savait quelle brise ; le soleil pesait sur ses épaules comme un fardeau ; sous son chapeau à larges bords il s'épongeait le visage, préoccupé seulement de ne pas s'écarter de la mer.

Il arriva à une presqu'île qu'il reconnut avec certitude pour celle de Rufus, car tout concordait à la fois avec les maigres renseignements du voyageur latin et avec les données de la géographie antique et moderne ; le plan l'appelait Attarlik.

Longue d'un demi-kilomètre environ, elle se terminait par un promontoire ; donc abrupte, mais d'un seul côté, car de l'autre elle descendait en pente douce jusqu'à une plage. Il y croissait des buissons cassants de sécheresse et quelques arbres, des pins maritimes, qui avaient appris au cours des années à résister aux vents de mer et à s'agripper au sol caillouteux. Dans les clairières se perdait un réseau de sentes défoncées par les bêtes.

Le souvenir très vague d'un paysage semblable vu quelque part au cours de ses voyages traverse fugitivement la mémoire du professeur.

— Ce doit être en Sicile ; c'est la même nature sèche et austère.

Il parcourut lentement la presqu'île, jusqu'à la fine pointe, comme dit Rufus. Il lui vint tout à coup la crainte que l'érosion n'eût raccourci peu à peu le promontoire ; le monument resterait alors introuvable, volatilisé par l'usure ou tombé à la mer avec le sol, et la page de Rufus garderait pour toujours son secret.

Il scrutait la terre, la frappait du talon pour éprouver le son qu'elle rendait, se mettait à genoux, comme s'il suppliait tous les dieux, pour voir avec plus de précision et fouir des mains certains endroits suspects. Sans trop l'espérer, il cherchait un signe par lequel le sous-sol pourrait se trahir.

Il se vit tout à coup de l'extérieur, comme un autre, ainsi qu'aurait pu le voir de plus près le baigneur qui, à ce moment, s'ébattait au loin sur la plage ; il se vit ridicule et malheureux ; sa tension le faisait agir d'une façon désordonnée ; il s'agitait, il n'agissait pas.

Sa nervosité s'augmentait du mystère qui devait cacher des fouilles aussi illégales que fantaisistes ; elles avaient d'autre part besoin de clarté ; il fallait donc travailler de jour et vite, sans alerter qui que ce soit, pas même les paysans des environs qui pourraient croire à un trésor enfoui dans leurs terres, et avec des moyens de fortune, c'est-à-dire avec la petite pelle pliante armée d'un pic qu'il avait dans son sac avec du papier à estampage. En somme, le professeur Black devait trouver aujourd'hui sa réponse ou y renoncer.

D'où venait donc alors que, avec des moyens et dans des circonstances semblables, la certitude d'en arriver à des résultats allait jusqu'à lui faire peur ?

Enfin, après des sondages pratiqués çà et là, une poudre blanche qui brillait au pied d'un buisson attira les regards du professeur. Quelques coups de pelle et un examen attentif entre ses doigts le conduisirent à la conclusion que c'était là du marbre pulvérisé. Maniée avec émotion et minutie, la pelle mit au jour d'autre poudre semblable, en partie libre dans la terre, en partie agglomérée à des cailloux qu'elle zébrait de blanc.

Dans l'espoir de calmer son cœur surexcité, le professeur Black se recueillit avant de continuer à fouiller le sol. Il se souvint d'avoir fait de même dans la librairie du vieil Arménien. En même temps, il lui vint à l'esprit qu'il creusait toujours un trou et que celui-ci, fût-il matériel, s'identifiait à l'autre qu'il forait dans la science depuis des années. Il creusait toujours, à la recherche de quelque chose qui ne portait pas encore de nom. Il pressentait cependant que c'était cette vieille terre usée par les civilisations qui devait lui apporter une lumière définitive.

La chaleur, le parfum des plantes aromatiques décuplé par le soleil l'accablèrent d'un seul coup. Et la peur. Il se prit à envier au baigneur, qui battait encore l'eau là-bas, si loin, son innocence. Le professeur aurait voulu courir vers lui et lui demander sa protection, par peur de la brûlante solitude qui l'emprisonnait sur ce promontoire rongé de soleil, par lâcheté aussi, pour fuir des dangers dont l'anonymat empêchait qu'on ne se mît en garde contre eux par des moyens plus efficaces que la retraite.

Le professeur se surprit à réveiller par des prières latines les vieux dieux morts écrasés sous le poids des offrandes. Enfin son âme, quittant sa frayeur, s'ouvrit et s'apaisa dans l'attente d'une sereine révélation.

Il reprit sa pelle pour exhumer des briques qui n'avaient pas vu le jour depuis près de deux millénaires, effritées, salies, incrustées de scories diverses, mais indubitablement romaines ; sur quelques-unes se lisait encore le sceau du fabricant.

Apparut ensuite un socle rectangulaire en briques, de quatre pieds par six environ, autour duquel avaient chu en désordre les briques de la partie supérieure.

— Ce peut être n'importe quoi d'autre que l'autel de Rufus. À moins que je ne mette la main sur l'inscription...

La fouille révéla en contrebas — la poudre blanche avait du reste annoncé leur présence — des plaques de revêtement en marbre, plus grandes, plus minces que les briques et pour cela en assez mauvais état. Sur quelques-unes, le professeur eut la joie de lire des lettres ; au comble de l'excitation, il réunit l'un à côté de l'autre tous les morceaux gravés et se vit devant une énigme.

Cependant, son émotion l'empêchait de se rendre compte qu'une odeur très particulière se répandait, agréable parce qu'elle était encore diffuse mais capable de se faire nauséabonde pour peu qu'augmentât son intensité. Une odeur âcre comme la litière de certains animaux.

Le professeur Mark Cecil Black se trouvait si dérouté par le casse-tête de ses pierres inscrites — et si humilié de l'être — qu'il résolut de recourir à la méthode scientifique. Nettoyer les pierres et leurs lettres, ne pas essayer de deviner le sens de l'inscription afin de se garder de toute idée préconçue, assembler les pierres selon leurs dentelures et non selon des hypothèses sur le texte. Il photographia l'ensemble et le détail des vestiges, prévoyant les communications savantes qu'il en écrirait et la surprise du monde lettré.

Après le nettoyage, la gravure des lettres apparut très profonde ; le professeur pouvait en espérer une lecture d'autant plus facile. À des marques encore visibles de crochets, il comprit que les cavités avaient contenu jadis des caractères de métal, volés depuis des siècles.

Soudain, il leva la tête. De plus en plus puissante et désagréable, l'odeur le prenait maintenant à la gorge. Il renifla deux ou trois fois et fit la grimace.

— C'est curieux, cette odeur me rappelle celle de la cage aux félins, chez moi, au zoo municipal.

Mais il ne se laissa pas distraire plus longtemps, absorbé par son enthousiasme et certain que les fauves, si d'aventure il s'en trouvait dans ces régions civilisées, ne sortent pas à midi. Ce n'était d'ailleurs tout probablement qu'un feu d'ordures dont le vent rabattait l'odeur sur la presqu'île.

Il remarqua que le baigneur s'était retiré ; sans peur aucune cette fois, il se sentit seul, mais capable, avec la force que lui donnait sa découverte, de traverser tous les dangers.

Enfin, après plusieurs tentatives pour emboîter les plaques de marbre, le professeur en arriva à une solution qui respectait les brisures ; celles-ci avaient détruit quelques lettres, il est vrai, mais peu nombreuses et faciles à restituer. Le professeur lut :

DIVÆ.BERECYNTIÆ
IDAEÆ.DINDYMÆ
MAGNÆ.MATRI.DEORVM
CYBELÆ
M. CÆCILIVS.NIGER
PRO.SAL.VXORIS.FILIÆQVE

Il traduisit automatiquement :

— *À la déesse du Bérécynthe, de l'Ida et du Dindyme, à la Grande Mère des dieux, Cybèle, Marcus Cecilius Niger offre cet autel pour le salut de sa femme et de sa fille.* Lui aussi avait une fille !

Son enthousiasme ne connaissait plus de bornes. C'était bien là l'autel signalé par Rufus.

— Le passage n'est donc pas apocryphe. L'autel et son inscription l'authentifient irréfutablement. Quels remous cette découverte et celle du livre vont créer dans le monde de la science !

Avant de prendre un moulage de l'inscription, il se redit le texte en le caressant de la main :

— *À la déesse du Bérécynthe, de l'Ida et du Dindyme, à la Grande Mère des dieux, Cybèle, Marcus Cecilius Niger offre cet autel pour le salut de sa femme et de sa fille.*

Tout à coup son sang s'arrêta.

— Marcus Cecilius Niger, mais c'est mon nom traduit en latin !

Un froissement de branches se fit entendre derrière lui. Il se retourna d'un bond.

— Oui, Marcus, c'est moi.

La cruelle, la sanguinaire, celle qui préside à tout ce qu'il y a d'indomptable dans les puissances de la vie, celle qui libère les sèves grondantes dans les arbres des forêts et, dans les bêtes fauves, les forces les plus sauvages, l'inhumaine se trouvait debout au soleil, à trente pas de lui, tenant en laisse quatre panthères.

Le professeur sentit littéralement ses os fondre et ne plus le soutenir, son corps devenir un objet mou et indéfinissable apte à épouser la forme du lieu où il s'affaissait ; il tomba sur les genoux, par épuisement plutôt que par adoration. Des tambours se mirent à battre dans sa tête.

— Il y a longtemps que tu m'as élevé cet autel, Marcus. J'attendais en vain ton retour des pays barbares. Il a fallu que j'aille te chercher. Et c'est pour t'accueillir en ton lieu de pèlerinage qu'aujourd'hui j'ai quitté mes bois et mes montagnes de Phrygie. Marcus, enfin te voilà de retour chez toi. La patience est le propre des dieux, mais les meilleurs finissent par se lasser.

Hagard, barbouillé de poussière et de sueur, écrasé sur le sol, le professeur eut pendant une fraction de seconde le sentiment de son ridicule et celui du doute. Mais, à la douce horreur qu'il en ressentait, il ne pouvait refuser de croire à cette présence qui le terrassait. Il eut en même temps la surprise de se souvenir que, selon les anciens, l'heure de midi était celle que les dieux élisaient le plus volontiers pour se révéler aux yeux des mortels, profitant d'un soleil tel que l'œil ébloui par l'obscure vibration d'un air trop lumineux pouvait douter de les voir.

— Calmez-vous, mes toutes bonnes, dit-elle doucement à ses bêtes fauves qui se couchèrent à ses pieds. Calmez-vous, Marcus est notre ami, ne le reconnaissez-vous pas ? Et nos gens arrivent.

Un cortège délirant dont on ne voyait pas la fin rejoignait Cybèle. Des femmes à moitié couvertes de peaux de tigres, mouillées de sueur et de vin, les cheveux en désordre couronnés de feuillage, déployaient leur fureur en se livrant à des danses farouches et en frappant des tambourins brandis au-dessus de leur tête. Leurs transports sacrés tiraient d'elles des plaintes et des hurlements. De nouveaux initiés augmentaient sans cesse la procession ; haletante de l'ivresse divine, elle lançait vers le ciel ensoleillé de la Bithynie une énorme clameur faite de gémissements, de cris, de louanges et de supplications que déchiraient les sons stridents des sistres, des crécelles, des clochettes et des flûtes. Il régnait une odeur écœurante, celle de la transpiration, de l'urine, du vin aigri et des fauves.

Des tigres traînaient le météorite noir de Cybèle et, couvert d'un voile, le pin symbolique d'Attis ; d'autres des chariots pleins de fidèles entassés en désordre, salis de grappes et de vin, épuisés par l'offrande de leur délire ; mais des pieds, des croupes, des mains qui émergeaient du monceau de chairs frémissaient encore de sursauts mystiques, prêts à reprendre leur danse et leur rage à la fin de leur évanouissement.

Pour venir poser sa tête sur l'épaule de la Grande Mère, Attis s'avança, son pagne toujours ensanglanté par l'éternelle mutilation.

Le troupeau sacré n'en finissait plus de passer derrière Cybèle qui le pressait à coups de fouet. Il dévala, tombant, titubant d'ivresse et roulant sur lui-même, la pente douce de la presqu'île pour disparaître dans la mer.

— Marcus !

C'est dans son âme que le professeur Black, à demi inconscient d'horreur, ressentit l'appel de la déesse et la blessure de son regard.

— Marcus, viens et suis-moi.

Encore à genoux, la face contre terre, il protestait d'une main et de l'autre griffait le sol. La voix lui manquait pour crier son refus.

L'inhumaine le regarda durement. Ses panthères firent mine de s'élancer. Puis elle eut une parole douce :

— Courage, Marcus, ce ne sera pas long. Souviens-toi, c'est ainsi à chaque retour.

Comme malgré lui, le professeur réussit à se lever. Il faisait les mêmes gestes de protestation, son corps se rejetait en arrière d'épouvante, mais il avançait pourtant. Des cris éraflaient sa gorge, y restaient prisonniers de l'émotion, des cris si puissants qu'ils auraient atteint, dans les pays barbares, sa fille Barbara la bien nommée...

La Grande Mère le reçut sur son sein. Même souillé, le visage du néophyte rayonna de lumière.

Il serrait dans ses doigts un fragment d'inscription ; il le rejeta loin de lui derrière son épaule.

Marcus se joignit au cortège et entra dans la mer en chantant.

Autobiographie

I

Quand il apprit par hasard que, depuis plusieurs générations, des professeurs et des étudiants d'universités allemandes passaient leur vie à consigner sur des fiches, non pas tous les mots latins, mais tous leurs emplois attestés pendant près d'un millénaire de littérature ; qu'après avoir consumé leur existence à ces travaux, ils transmettaient la tâche à leurs successeurs ; que, l'œuvre n'étant pas à terme, la chaîne se continuait encore et laissait ouvert son dernier maillon en attendant qu'on lui en rive un autre qui restait ouvert en attendant qu'on lui en rive un autre qui restait ouvert en attendant..., un indicible enthousiasme le fit pour la première fois vibrer de bonheur. L'image de ces fiches qui s'accroissaient sans fin, l'idée qu'elles régnaient au-dessus du temps, de la vie et de la mort le comblaient d'un ravissement sans bornes. Ainsi donc des hommes se prolongeaient par leurs successeurs et en arrivaient à doubler, à tripler la longueur de leur vie ?

Ainsi donc, comme le font les lombrics avec la terre, ces savants mangeaient des mots, les évacuaient sous la forme d'un infini cordon de fiches et se propulsaient de cette manière dans le sol obscur et compact de la science? Ainsi donc des hommes trouvaient suffisant de justifier leur existence par une sécrétion ininterrompue de papier, puis mouraient heureux de leur participation à l'œuvre et de l'assurance d'une relève qui, à son tour, mourrait heureuse de sa participation à l'œuvre et de l'assurance d'une relève qui, à son tour... ?

Quand il apprit — ce travail de fourmi exigeant sa fourmilière — qu'il fallut, pour le protéger de la destruction pendant les guerres, des salles souterraines en béton armé, il se rêva cheminant émerveillé dans un labyrinthe dont les ramifications s'avançaient dans la noire résistance de la terre, sous des lacs et des villes, à l'insu de la surface, à l'abri de la vie. Pour lui, il n'y avait plus maintenant de plus ultime vocation que l'accroissement et le gardiennage souterrain de la science.

Ce jour-là pour la première fois, un fait extérieur donnait exactement la réplique à un fait intérieur. Deux voix pourtant lointaines se rejoignaient enfin sur la même portée pour émettre un accord dont l'harmonie dépassait tout langage.

* * *

Ah ! quel besoin de certitude avait toujours régné chez lui et l'avait essentiellement rendu malheureux dans cette vie changeante !

Sa passion d'aller au bout de tout pouvait seule, pensait-il, le mener un jour à l'état bienheureux de la sereine immobilité. Aussi n'avait-il jamais cessé de ressentir la nécessité de finir l'examen d'une chose et de la classer, puis de finir l'examen d'une autre et de la classer, et ainsi de suite.

Deux grands projets avaient naguère sollicité sa jeunesse, vite abandonnés cependant ou remis à cause de son incompétence. Les circonstances l'avaient d'abord invité à écrire, pour le journal de son collège, une très courte biographie du Père Supérieur à l'occasion de son soixantième anniversaire de naissance. Il réunit des notes sur les dernières années du prêtre, puis, remontant le cours du temps, il en arriva à son entrée chez les Jésuites. Désireux d'expliquer le choix de cette communauté, il parcourut l'histoire des Jésuites. Pouvait-il taire leur bannissement ? Et comment parler de la dissolution de l'ordre sans en examiner les causes, c'est-à-dire les philosophes du dix-huitième siècle, les établissements d'Amérique et les intrigues du Vatican ? Il fallait alors s'instituer l'historien des idées, des grandes découvertes et de la religion, remonter jusqu'aux abus monarchiques, faire un sort aux empereurs du moyen âge, trouver leurs modèles dans les empereurs romains. Pour se montrer juste envers le Père Supérieur, il devait écrire l'histoire de l'Occident. Du reste, l'Occident et l'Orient ont-ils été aussi fermés l'un à l'autre qu'on le pense à première vue ? Bref, ce projet magnifique l'emballa tellement qu'il le conserva pour un âge où il pourrait l'appuyer sur plus de science.

Le second lui avait été suggéré par un passage du vieux *Manuel* de Laurand. Au sujet des inscriptions grecques, l'auteur y indique comment restituer les mots mutilés par le temps, à l'aide de moyens autres que les arbitraires calculs arithmétiques sur leur longueur :

Si le commencement d'un mot est seul conservé, on s'aidera d'un dictionnaire quelconque ; si c'est la fin du mot qui subsiste, on prendra un dictionnaire où les mots sont rangés d'après les syllabes finales.

Cette phrase lui a donné un choc. Il s'est aussitôt demandé :

— Mais que faire si les syllabes qui restent ne sont ni les premières ni les dernières ? Du reste, comment savoir si elles sont les deuxièmes, troisièmes, quatrièmes ou cinquièmes ?

La bibliographie de Laurand ne citait ensuite aucun ouvrage qui pût résoudre le problème. Aussi avait-il entrepris de reclasser tous les mots du monstrueux *Dictionnaire grec-français* de Bailly d'après leur deuxième, troisième, quatrième, cinquième, sixième syllabe, et ainsi de suite. Les trois premiers cas seulement allaient demander du temps, la quantité de mots diminuant à mesure qu'augmentait celle de leurs syllabes. Toutefois, même sans traduction ni définition, ce classement syllabique comporterait bien six ou sept volumes aussi importants que le Bailly, puisqu'il faudrait prévoir, pour être vraiment complet et, partant, utile, toutes les formes des mots variables. C'est d'ailleurs ce qui l'arrêta : la crainte de mal conjuguer le très complexe système verbal et de commettre des erreurs dans la déclinaison des articles, des noms, des adjectifs, des pronoms divers qui, non contents d'être affligés de cinq cas et de trois genres, comportent aussi trois nombres, la crainte, donc, de priver sa compilation de toute valeur à cause de sa demi-compétence lui fit différer son entreprise.

* * *

Depuis, certains moments de vertige le comblaient de joie : à certains instants d'illumination soudaine, il entrevoyait la certitude que, par l'accumulation d'enquêtes systématiques et exhaustives sur des sujets déterminés, l'homme pourrait en arriver à connaître tout du monde et à lui arracher son secret.

Il ne suffisait évidemment pas qu'une telle entreprise se fît pour la langue latine ; il fallait maintenant que d'autres savants prennent en charge le reste des connaissances humaines et l'immobilisent sur des fiches. Des villes souterraines protégeraient ce trésor et, au rythme de son enrichissement, multiplieraient leurs dédales, étendraient sans cesse leurs tentacules et creuseraient jusqu'au feu central des galeries superposées. Des initiés garderaient à jamais dans ces abîmes les secrets de la vraie vie, pendant que des humains, de générations en générations, de siècles en siècles, de millénaires en millénaires, du singe au robot, auraient sur la surface de la terre l'illusion de vivre.

* * *

L'exemple du *Thesaurus linguae latinae* provoqua et encouragea chez lui la pensée d'un *Thesaurus de la Comédie humaine.* Le projet s'en fit jour avec lenteur, mûrit pendant cinq ans, de sa trentième à sa trente-cinquième année, et profita de penchants qui le portaient aux corvées humbles et systématiques.

La première fois qu'une semblable idée vous vient, vous la trouvez absurde, voire irréalisable, et vous la rejetez. Mais c'est illusion de croire qu'on puisse jamais rejeter complètement une idée ; quand elle naît, il est déjà trop tard, elle existe et vous ne pouvez pas faire qu'elle n'existe plus du tout. Vous vous contentez de la repousser ; puis, un jour, elle revient au hasard d'une circonstance qui a quelque rapport ou parenté avec elle. En l'enfouissant au fond de vous avec bien d'autres idées, vous vous étiez cru quitte ; et c'est pourtant dans ce mystère et au contact des autres rêveries rencontrées dans cette retraite qu'elle s'est nourrie à votre insu, qu'elle a pris des forces et grandi, qu'elle s'est précisée et qu'elle vous a habitué à elle. Pour la faire remonter à la surface, il aura suffi, par exemple, d'un tome de Balzac qui vous tombe sous les yeux. Vous la chassez encore dans son repaire ou vous l'acceptez.

Lui, il l'accepta, ou au moins voulut bien l'examiner avec attention pour en finir.

Contenue entre les couvertures de dix gros volumes qui occupent vingt pouces d'un rayon de bibliothèque, la *Comédie humaine* est un objet déterminé, qui commence et qui finit. Ses limites permettent son examen et sa mesure exacte. C'est aussi possible que de trouver dans un nombre donné de meules de foin un nombre donné d'aiguilles ; il est de même facile de compter tous les brins d'herbe d'un champ, pourvu qu'il ait des limites, si grandes soient-elles.

Cela posé, qui est irréfutable, il établit ses principes. Pour rendre des services et mériter d'être entreprise, son œuvre devrait se faire avec conscience et système. Il accepta dès le départ de rédiger une fiche pour chaque mot, si petit et facile à oublier qu'il fût, même pour *si, le, la, de, c', et,* etc.

Le *et* l'attendrissait. Imagine-t-on combien de *et* pouvait recenser le *Thesaurus linguae latinae* ? Combien pouvait en contenir la *Comédie humaine* ? Imagine-t-on comme il est indéfinissable ? Comme il est difficile de voir des nuances entre les dizaines de milliers de *et* qu'a écrits Balzac ? La consultation d'un petit dictionnaire d'usage peut seule en donner une idée ; on n'y définit pas *et,* on se borne à dire son rôle : *1. coordonne les parties du discours ; 2. marque la conséquence.* C'est tout. Pourtant, juste au-dessous de *et, établage* jouit d'une belle et bonne définition.

Voilà donc le travail que lui avait préparé la science. S'il ne pouvait pas lui non plus trouver pour *et* de définition, il aurait au moins la satisfaction d'avoir réuni des matériaux d'importance en collationnant tous les mots de la *Comédie humaine* et de se faire une idée d'ensemble d'un problème fort nuancé.

En ce qui concerne l'aspect matériel, il choisit des fiches de trois pouces par cinq et de couleurs diverses. Il réserva les vertes aux noms, communs et propres, les bleues aux adjectifs, les blanches aux mots invariables, les grises aux articles et aux pronoms, les jaunes aux verbes.

Qu'on ne lui reproche pas de s'en être tenu au sens et à la nature des mots ; évidemment, il aurait pu se préoccuper aussi de leur fonction, de leur genre, de leur nombre, de leur étymologie et de la quantité de leurs syllabes. Mais un homme seul aux prises avec la science doit choisir un objet très précis et restreint s'il ne veut pas tomber dans la vulgarisation. Il laissa donc ce travail à d'autres ou à ses continuateurs.

II

L'inquiétude le point cette nuit avec une insistance qu'il n'a pas connue depuis trente ans. Soutenu par le zèle scientifique, il a quitté le bureau, chaque soir, pendant trente ans, avec le cœur et l'esprit frémissants de qui va retrouver ce qu'il aime. Ce qu'il allait retrouver, c'était une tâche ingrate que, mû par le seul service de la science, il s'était infligée bien des années auparavant ; ce qu'il allait retrouver, c'était aussi son petit appartement encombré. Il n'a pourtant qu'un lit, une commode, une table, une chaise et, dans la cuisine, les appareils indispensables ; mais tout le reste de l'appartement peut à peine contenir trois mille neuf cent quarante-sept pieds de classeurs qui montent à l'assaut des murs et dont le surplus forme des îles au milieu des pièces, ne laissant dans chacune qu'un étroit chemin pour circuler et pour permettre la consultation.

Comme il lui était doux jusqu'à ce soir de se retrouver à sa table, sous la suspension, entouré de ses fichiers et de leurs parois de métal grisâtre humanisé par tout le papier manuscrit qu'il protège ! Comme il trouvait beau que ses fiches lui prennent peu à peu son espace vital et qu'insensiblement il le leur cède, répondant à chaque pouce de leur avance par un pouce de sa retraite ! Il aimait qu'au jour le jour elles s'emparent de sa vie et que celle-ci transforme avec une admirable générosité sa substance en des millions de fiches bien classées. Avec joie il est presque devenu fiche ; aussi ne peut-il plus dire *je ;* comme parlant d'un autre ou d'un objet, il se sert désormais de *il ;* il se sent d'ailleurs de cette façon moins isolé, car le *il* implique aussi un narrateur ; le *je* au contraire le montrerait à lui-même seul et sans défense, le mènerait aux épanchements dont il veut s'abstenir, malgré son inquiétude de ce soir ; l'inviterait aux regrets et, qui sait, aux larmes que, sans public, il ne sentirait pas le besoin de réprimer ; par bonheur le *il* lui donne un témoin devant qui il essaiera de se bien tenir jusqu'à la fin de cette autobiographie.

Ce soir, retrouver pourtant les mêmes plaisirs ne produit pas les mêmes effets ; non seulement son retour ne le rend pas heureux comme d'ordinaire, mais cela n'arrive même pas à mettre un baume sur l'inquiétude qui, après avoir couvé toute la journée dans ce qu'il lui reste d'âme, ce soir enfin se révèle. Il a eu beau feindre de n'en pas savoir les raisons, il mentait ; et, habitué par la pratique de la science à ne pas se leurrer facilement, il n'a pu réussir à se convaincre de son mensonge et à oublier qu'il savait la cause de son état. Elle est limpide pourtant quand il se l'avoue avec lucidité, alors qu'elle paraissait bien diffuse quand il tentait de se la cacher.

Voici. Aujourd'hui, jour de son soixante-cinquième anniversaire de naissance, il a terminé un travail de trente ans. Pour compiler chaque soir, au retour du bureau, une page de la *Comédie humaine,* soit en moyenne quatre cent trente mots ou quatre cent trente fiches, et cela pendant onze mille jours ou trente ans de sa misérable et unique petite vie, il a fait le sacrifice de bien des joies : il n'a eu femme, enfants ni amis, dont on dit pourtant qu'il est doux d'en avoir autour de soi ; il n'a pas lu de livres, il a mangé des aliments en conserve, il n'a pas un sou, il n'a pas voyagé. Il est vrai que sans ces menus sacrifices, il ne serait pas à la tête de quatre millions sept cent vingt-neuf mille neuf cent quatre-vingt-dix-huit mots de la *Comédie humaine* classés dans l'ordre alphabétique et inscrits sur quatre millions sept cent vingt-neuf mille neuf cent quatre-vingt-dix-huit fiches contenues sous clé dans trois mille neuf cent quarante-sept pieds de classeurs. Le *et* qui le ravissait tant, il n'aurait pas eu le plaisir de le retrouver soixante-dix-sept mille vingt-quatre fois. Il n'aurait pas chez lui ce chaud labyrinthe dont les bras l'étreignent avec une douceur plus haute que celle de toutes les tendresses.

Cela surpasse bien de vulgaires amusements passagers et les douteuses affections humaines. Ce n'est donc pas surtout dans ce marchandage entre la science et le plaisir que son inquiétude prend sa source ; ni non plus dans le fait qu'il n'a jamais aimé la *Comédie humaine,* pas plus que dans l'épouvantable question qu'il se pose tout à coup ce soir sur l'utilité précise de son travail ; si, depuis les débuts de l'humanité, le doute et les goûts personnels l'avaient emporté sur l'abnégation, le désintéressement et le mépris de soi, aucune science n'aurait fait un pas, et l'homme dormirait encore dans des cavernes.

Son inquiétude a bien plutôt pour cause essentielle cette constatation élémentaire et horrible dans ce qu'elle a d'irrémédiable : il a fini.

Finir une entreprise d'une telle envergure ne va pas sans une grande tristesse. Il s'émeut malgré lui au souvenir de la joie pure et solitaire que la science lui a départie tout au long de tant d'années, joie d'autant plus grande, semble-t-il, qu'elle a exigé des offrandes plus nombreuses et plus importantes, qu'elle a exigé comme rançon la vie elle-même. Il a appris à vivre avec les mots pour toute compagnie et à les considérer ainsi que des objets de dévouement, comme si quelque danger les eût menacés. Il les a aimés comme des êtres humains, plus même, car ceux-ci, mobiles et imprévisibles, ne peuvent offrir un bonheur si calme et si profond, ni si sûr. Des mots il a aimé non pas tant le sens, car cela est vulgaire et la réalité décevante, que les signes eux-mêmes, leur son et leur forme ; des mots il a aimé jusqu'au son, jusqu'à la forme de leurs lettres qui, nées chez les lointains Phéniciens, ont traversé Rome et le monde, se sont arrêtées chez les fondeurs de la Renaissance pour recevoir d'eux leur apparence définitive et sont enfin venues le trouver dans sa retraite pour se faire aimer de lui. De se sentir chaînon d'une si longue lignée, et si prestigieuse, le rendait heureux et l'assurait qu'il partageait avec de bons esprits, tout au long de l'histoire, plus que des idées, plus que des symboles, plus qu'une passion, une sorte de secret qui aurait été la vraie vie et la vraie vérité.

Il a tellement vécu dans les mots et les mots en lui qu'il écrit ce soir cette autobiographie en se retenant d'aller demander à son fichier combien de fois Balzac a employé chaque mot qu'il trace sur ce papier.

Et surtout, les lettres et les mots qu'il dessine ici pour vous ne cessent de le distraire du lien logique qu'il veut mettre entre eux, puisqu'il vous faut encore cela pour que vous compreniez. On ne saurait imaginer l'effort qu'il fait, qui le tue, pour lier les mots. Fasciné, il s'arrête sur chacun et doit se battre pour lui en associer un autre dont le sens puisse lui convenir. Il préférerait tellement vous écrire une suite de ces mots admirables, de ces sons et de ces formes qui s'attachent à jamais ceux qui ont un jour perçu leur lumière et leur beauté. Plus encore, chaque lettre de chaque mot l'immobilise et le penche sur de doux abîmes... X, lieu où se rencontrent, se déchirent et s'écartent à jamais l'une de l'autre deux droites imaginaires qui n'ont pour cible que l'infini... T, solidité d'un segment horizontal appuyé perpendiculairement sur une colonne, ou sur une tige, comme une fleur... Et O, profond mystère, chute, vertige... Minuscule, est-il cylindre, cercle, circonférence ou sphère ? Majuscule, il est l'œuf fondamental...

Mais il s'arrête. Comme au bureau, il lui faut ici se maîtriser et se contraindre à la logique, s'il veut vous épargner cela qui ne constitue un plaisir que pour lui, s'il veut que vous les compreniez ce soir, lui et son inquiétude.

Courage. Il continue. Mais il est si fatigué !

Finir une telle entreprise, disait-il, comporte beaucoup de tristesse. Du reste, il est triste de finir quoi que ce soit. Cela tombe sans retour dans le passé ; mais cela n'en existe pas moins encore, puisque cela a un jour existé.

Se leurrait-il au début de son travail en pensant qu'il voulait le rendre à terme ? Il lui aura fallu trente ans pour le savoir.

Le mot FINIR lui-même sonne tristement et n'est pas beau : asymétrique, relevé avec enthousiasme par l'F de son début, il se bloque à la fin par une boucle. Encore la fin.

Et il a peur. Oui, peur. Du désœuvrement ? Non. Peur surtout que ce ne soit là la fin de quelque chose d'autre, qui serait plus important et plus grave que son travail, de quelque chose d'innommé encore et d'innommable peut-être. Ou la fin de la vie, ou la fin de la mort. Peur d'une si grande liberté, et si soudaine, qui peut contenir toutes les possibilités, favoriser tous les doutes, permettre toutes les lucidités. Peur de savoir à ce moment seulement si ce qu'il a connu jusqu'ici s'appelait la mort ou la vie. Il ne sait trop. Comment dire avec des mots cela qui n'existe pas, mais qui existera, il le sent, il le sait ? Il a l'impression qu'il lui faut prolonger son travail à tout prix, de quelque façon que ce soit, ne serait-ce qu'en dessinant des guirlandes sur chacune de ses fiches, pour éviter que ce qu'il craint ne se produise, ou au moins pour en retarder l'échéance.

Qui veut avancer ne doit pas cesser d'être aveugle.

* * *

Soulagement.

Il a trouvé le moyen de continuer. Il transcrira sur des feuilles toutes ses fiches pour en composer un dictionnaire. À cause du singulier dédain qu'on professe aujourd'hui pour la science, son ouvrage, qui comportera, selon un calcul approximatif, quelque trois cent mille pages réparties en plusieurs tomes, il le polycopiera lui-même ; car il projette, si les universités boudent sa compilation, de l'envoyer par tendresse à toutes les personnes dont le nom commence par la même lettre que le sien et qui sont inscrites dans l'annuaire du téléphone.

Il est ému : il sait désormais pour qui il travaille. Il reprend courage.

Allons, à l'œuvre !

L'auteur du Temps d'aimer

Je n'ai pas l'habitude de collaborer à la presse littéraire et la littérature n'est pas ma profession. Je me contente d'employer le rare loisir que me laisse la pratique de la médecine à aimer les écrivains et leurs livres. Toutefois, à cause de l'amitié qui m'a uni à Jean Gautier, à cause des découvertes que j'ai pu faire récemment sur sa courte carrière, j'ai cru devoir écrire ces quelques lignes et demander avec insistance au *Journal des lettres* de les publier in extenso pour réparer un peu le tort qu'il a causé à l'auteur du *Temps d'aimer.* En effet, j'ai la conviction de pouvoir laver le souvenir de Jean Gautier des ordures dont on a sali l'écrivain peu de temps avant sa mort. On voudra donc excuser la naïveté et la modestie de ma prose et ne porter attention qu'au rétablissement de la vérité, offerte ici sans aucun fard littéraire.

Il y a trois mois aujourd'hui que l'auteur du *Temps d'aimer* n'est plus. On a peut-être déjà oublié ce triste anniversaire, de même que les faits qui ont provoqué la mort de Gautier : les journaux et leurs lecteurs ont d'ordinaire la mémoire bien courte, et l'actualité vieillit vite. Qu'importe que des faussetés interrompent une carrière, détruisent une vie, provoquent la mort ; qu'importent la vérité et l'erreur d'un jour, puisque le lendemain tout cela retombe dans le néant. Ce qui compte, c'est d'offrir à l'appétit d'un public insatiable des nouvelles choc, comme on dit aujourd'hui, et les derniers scandales ; et quand la moisson est maigre, on en invente sans scrupule. Si, le lendemain, le lecteur a déjà oublié les ragots de la veille, la victime, elle, ne les oublie pas. Jean Gautier a été victime de la presse à sensation, et il n'a pu oublier ce qu'on a écrit de lui.

J'ai fréquenté Gautier pendant vingt-quatre ans, de sa première année d'université, où nous nous sommes connus, jusqu'à sa mort, il y a trois mois. Nous avions tous les deux vingt ans, nous en avons, j'en ai aujourd'hui quarante-quatre. Je prétends tout savoir de lui, dans la mesure où l'on peut pénétrer le secret d'une âme. C'est sous mes yeux qu'il a construit son œuvre, avec l'honnêteté, quoi qu'on dise, et avec la ténacité du bon ouvrier des lettres. Il ne s'est jamais cru du génie, personne, non plus, ne lui en a jamais attribué. Il ne s'accordait que du talent, qu'une certaine facilité d'invention disciplinée par une louable patience littéraire ; il s'est souvent décerné devant moi le titre d'homme de lettres, sans enlever à l'expression la légère nuance péjorative qu'elle comporte de nos jours. Mais la conscience de ses limites ne l'a pas empêché de publier en vingt ans, outre cette suite poétique responsable du scandale, un recueil de nouvelles et sept romans, œuvres qu'ont suivies des lecteurs assez peu nombreux sans doute mais fidèles. Gautier ne m'a jamais dit comment il s'expliquait la constance de cet attachement. À mon sens, ses livres n'étaient pas, je l'avoue, de ces livres secrets et difficiles qui se conquièrent un public restreint et entêté ; limpides, au contraire, un peu désuets, ils plaisaient, je pense, à une catégorie de lecteurs composée surtout de femmes ; les unes, d'un certain âge, retrouvaient dans les romans de Gautier les élégances d'un passé dont elles déploraient la disparition ; les autres, plus jeunes, y puisaient l'oubli de leur bureau ou de leur atelier. Gautier, qui ne s'est jamais leurré sur la durée de ses ouvrages, me dit un jour, sans amertume, avec une humble sérénité :

— Il me suffit de savoir que, avec chacun de mes livres, je rends aujourd'hui cinq mille personnes heureuses pendant quelques heures.

C'est donc entouré du demi-silence de la presse littéraire et pourtant sûr de ses lecteurs que Jean Gautier a vécu et écrit jusqu'à ce que, il y a quatre mois, les journaux se missent tout à coup à ne parler que de lui, mais pour le perdre, prétextant leur souci de la vérité avec une bonne foi que je m'efforce de ne pas suspecter. Il est cependant une sorte de bonne foi qui blesse à jamais, et certaines interprétations qui tuent.

Quelques lecteurs se souviennent peut-être que l'affaire tient en quelques mots. Gautier venait de publier une plaquette contenant un poème de quatre cent deux alexandrins intitulé assez simplement *Le temps d'aimer*. On fut surpris que le romancier, à quarante-quatre ans, publiât pour la première fois des vers ; et, même si les poèmes ont la réputation de se vendre moins vite que les romans, *Le temps d'aimer* s'écoulait, sans tapage ni réclame, avec la même régularité que les autres livres de Gautier.

Mais soudain les journaux — et le *Journal des lettres* où je publie ces lignes fut le premier à lancer les hauts cris — font éclater un scandale à propos du *Temps d'aimer*. J'avoue que l'affaire semblait de taille et que, malgré mon amitié, j'en fus un moment ébranlé. Je passe sous silence les manchettes injurieuses et le ton bas de plusieurs articles pour ne retenir que l'accusation : *Le temps d'aimer* reproduisait mot pour mot un poème publié sous le même titre, à Marseille, en 1844, par un écrivain du nom d'Adolphe Rochet. Le journaliste qui alerta l'opinion avait trouvé à la Bibliothèque municipale l'ouvrage de Rochet ; il en donnait la cote et la description détaillée ; il en citait des passages qui étaient en même temps des passages de Gautier. « Je m'abstiens de citer davantage, ajoutait le journaliste, puisque tout, jusqu'à la ponctuation, est identique. »

Gautier n'avait pas l'habitude de répondre aux quelques critiques qui s'occupaient de lui, même quand ils le malmenaient. Mais cette fois-ci, son honneur étant en jeu, il se crut obligé de le faire, et par l'intermédiaire du *Journal des lettres*. Il eut beau affirmer qu'il n'avait jamais connu l'existence de Rochet, il eut beau dénoncer dans cette affaire une odieuse machination, loin de le disculper, sa protestation le couvrit de ridicule. La présence — qui fut vérifiée — du livre de Rochet sur les rayons de la Bibliothèque municipale faisait tomber la possibilité d'un coup monté. Et l'on répandit que Gautier n'avait pu commettre son plagiat qu'en comptant sur une impunité d'autant plus certaine que le plagié était plus parfaitement inconnu. Un critique remontra, sur le ton tranchant du lettré qui possède bien ses petits auteurs : « Mais, monsieur Gautier, il y a toujours quelqu'un qui connaît les écrivains inconnus. » Je me permettrai de faire remarquer que ce n'était justement pas ce journaliste qui avait découvert l'ouvrage de Rochet.

Dans la protestation de Gautier, on s'accorda à discerner de la panique, qu'on monta en épingle et qu'on mit sur le compte du dépit d'avoir été percé à jour. Jean était en effet atterré. On l'aurait été à moins. Son éditeur se trouvait dans une situation embarrassante. Les tribunaux allaient s'emparer de l'affaire.

Ami et médecin de Gautier, c'est à moi que la concierge de l'immeuble annonça en premier lieu le suicide de l'écrivain. Je sautai dans ma voiture. C'était un beau jour de printemps où l'on s'imagine mal que le goût de la mort puisse prendre le pas sur celui de la vie. Il était trop tard. Il était mort depuis plusieurs heures. Il s'était asphyxié au gaz. Il était emmitouflé dans un peignoir, étendu sur son lit et, ce qui m'étonna, entouré de journaux.

* * *

Je l'ai dit, les révélations de la presse m'avaient beaucoup secoué moi aussi. Mais mon amitié, de même que la scrupuleuse honnêteté que j'avais toujours connue à Jean, m'avait empêché de croire à la possibilité d'un plagiat. Du reste, n'avais-je pas souvent vu Gautier écrire devant moi à l'époque où il travaillait justement au *Temps d'aimer ?* Ce poème, il l'a écrit dans ma maison des Laurentides où il passa, avec ma femme et avec moi, plusieurs semaines ; il l'a écrit sous nos yeux. Parfois, il est vrai, la facilité de Jean m'avait étonné, facilité qui avait aussi présidé, m'affirma-t-il, à l'élaboration de ses romans. Il me dit à cette occasion, je m'en souviens, qu'il portait longtemps ses œuvres en lui où elles se composaient, et qu'il ne lui restait plus ensuite que le travail assez long de les écrire et de les resserrer.

J'étais incapable de croire que mon ami ait pu apprendre par cœur le poème de Rochet et me jouer la comédie de le récrire devant moi, de façon à se préparer en ma personne un témoin de sa création littéraire au cas où, plus tard, il devrait faire face à une accusation de plagiat. L'amitié ne me dicta pas seule cette certitude, mais les faits : après le scandale, jamais Gautier ne commit la moindre allusion à la possibilité de mon témoignage ; et son silence n'était pas celui de qui attendrait que l'autre s'avançât, mais celui de qui aurait complètement oublié.

Dans le mois qui s'est écoulé entre la révélation des journaux et le suicide, j'ai longuement cherché une solution autre que le plagiat. En fait, je ne l'ai trouvée qu'un peu plus d'une semaine après la mort de Gautier.

* * *

Avant qu'on remît à sa famille les papiers de Jean, il me fut permis d'étudier le manuscrit du *Temps d'aimer* et de le comparer au livre de Rochet que j'empruntai à la Municipale. Avec surprise, je constatai que toutes les ratures, que toutes les corrections de Gautier tendaient inexorablement à conformer de plus en plus son texte à celui de Rochet ; partant parfois de très loin, la pensée et son expression se rapprochaient peu à peu de celles de Rochet ; les mots et la ponctuation étaient malaxés, biffés et remplacés pour finir par être ceux de Rochet. En somme, c'était avec effort que le texte de Gautier en était arrivé à l'identité avec celui du Marseillais. Ce phénomène curieux me confirma dans mon opinion qu'il ne s'agissait pas de plagiat. Mais de quoi s'agissait-il ?

En outre, je ne réussissais pas à m'expliquer l'abondance de journaux sur le lit mortuaire. Pourquoi Gautier les avait-il consultés en si grand nombre la veille et le jour même de sa mort ? On ne parlait plus du plagiat depuis deux semaines. Il fallait que Gautier attendît autre chose et qu'il n'eût pas supporté son attente. Il me sembla évident que le prétendu plagiat n'avait pas été la seule raison du suicide.

Pendant toute une semaine, je me suis livré à des recherches dans les fichiers des bibliothèques de Montréal, de Québec, d'Ottawa ; aucune bibliothèque de collège ou d'université, aucune bibliothèque publique (non plus que la bibliothèque personnelle de Gautier, évidemment) ne possédait des ouvrages de Rochet, sinon la Municipale de Montréal. Le fichier de celle-ci m'apprit par la même occasion que Rochet avait écrit sept romans, un recueil de nouvelles et une suite poétique qui portaient tous les mêmes titres que les livres de Gautier. Je demandai les ouvrages de Rochet et ceux de Jean : le même texte se trouvait aux pages correspondantes des deux auteurs.

Je tremblais d'étonnement en constatant ce que les journaux auraient appelé « l'étendue du plagiat ». Mais comment n'avaient-ils pas annoncé au public la similitude de *tous* les livres de Rochet et de Gautier ? En examinant le début du *Temps d'aimer,* je pus répondre à ma question : il n'y avait pas de liste des ouvrages du même auteur au début du livre ; le journaliste qui avait le premier parlé de plagiat avait dû repérer le livre de Rochet par la fiche-titre, non pas par la fiche-auteur.

Je retournai de tout côté les livres de Rochet. La garde de chacun était revêtue d'une note attestant que ces ouvrages avaient été offerts à la Municipale par les héritiers du docteur Raymond Santerre ; du reste, chacun portait une amicale dédicace de l'auteur au médecin. Puis je dépouillai, ce qui ne fut pas long, la fiche de prêt qui se trouve collée aux dernières pages de chaque livre. J'appris que les œuvres de Rochet, depuis qu'elles avaient été léguées à la Municipale, en 1864, n'avaient été empruntées qu'une fois, sauf *Le temps d'aimer* qui l'avait été trois fois : d'abord par l'abonné 11 292, le 4 avril 1944, c'est-à-dire deux jours avant le premier article sur le plagiat : l'identité du 11 292 se confondait donc sans doute avec celle du journaliste ; ensuite par moi, le 6 mai 1944, pour le comparer, comme je l'ai déjà dit, au manuscrit de Gautier. Quant au troisième lecteur, il avait emprunté tous les ouvrages de Rochet, y compris *Le temps d'aimer,* le 2 mai 1944, l'avant-veille exactement du suicide de Gautier. Il portait le numéro 10 824.

La bibliothécaire à qui je demandai l'identité du 10 824 ne me vit pas pâlir à mesure qu'elle tournait les pages de son registre ; certain de ce qu'elle allait me répondre, je souhaitais qu'elle ne finît jamais sa recherche. Elle s'arrêta à une page, hésita ; elle parcourut du doigt des colonnes de numéros accompagnés de noms et d'adresses, puis :

— Voilà, dit-elle, c'est M. Jean Gautier.

Espérant encore l'impossible, j'allai jusqu'à demander son adresse. C'était bien celle de Jean.

L'avant-veille de son suicide, il avait donc, pour la première fois, consulté tous les ouvrages de Rochet, constaté leur identité avec les siens et n'avait pu survivre à cette découverte.

Quant à l'extraordinaire rencontre entre les deux séries d'ouvrages, elle me fut expliquée le même jour — si l'on peut parler ici d'explication — lorsque je me mis à chercher, dans la salle des dictionnaires de la Municipale, des renseignements sur la personne de Rochet.

Ma découverte me troubla, et me trouble encore, jusqu'à un point que je ne saurais exprimer. Ainsi donc... Était-ce possible ? Que s'était-il passé avant Jean Gautier ? Et que se passera-t-il après lui ? Le temps ne serait-il qu'une maladie de notre cerveau trop infirme et borné pour pouvoir saisir le monde sans le découper en tranches successives ? Ou la vie ne serait-elle qu'une anaphore sans fin ?

Le Père Boismenu, au tome V, page 809, de son célèbre *Trésor des biographies françaises* (1890), écrit :

« ROCHET, Joseph-Marie-Adolphe, né à Marseille en 1800, auteur de nouvelles et de romans estimables (*L'antiquaire,* 1824, *L'amour en automne,* 1828, *Hécate et son cortège,* 1832, *Fidélité,* 1834, *Les jardins de Murcie,* 1836, *Delphine de Rochelonde,* 1839, *L'Amazone de la Via Veneto,* 1841, *Adieux à Tullia,* 1843) ; s'est donné la mort dans sa ville natale, le 4 mai 1844, après une obscure accusation de plagiat dans *Le temps d'aimer,* suite poétique qu'il venait de publier. »

Docteur Roger-Louis Larocque

Note de l'éditeur. — Le 20 septembre 1964, le *Courrier des bibliothèques,* page 8, publiait le communiqué suivant :

Animés d'une générosité qui les honore, les héritiers du regretté docteur Roger-Louis Larocque viennent de léguer à la Municipale de Montréal la bibliothèque et les manuscrits du défunt. On sait que le docteur Larocque, lié avec tout ce que notre ville compte d'écrivains, possédait une très belle collection d'autographes et d'éditions originales dédicacées. Lecteurs et chercheurs se réjouiront que ce trésor n'ait pas été dispersé ; il se trouvera à leur disposition dès que l'inventaire et le classement en seront terminés.

Présentation de la Bibliothèque

I

Des plus anciens aux plus récents, nos documents historiques prouvent que l'écriture a toujours exercé une toute-puissante fascination sur notre peuple. Notre histoire se confond avec celle de nos signes scripturaires et avec celle de leurs supports ; des idéogrammes aux lettres, nous avons écrit de tout, sur de l'argile, de la pierre, de la cire, du métal, des tissus, des végétaux, des cuirs, du papier. Depuis nos débuts, nous ne nous sommes jamais lassés de couvrir de notre message toutes les surfaces qui s'offraient à notre fécondité, nous n'avons cessé d'écrire et de lire que pour dormir et manger un peu. Depuis la plus haute antiquité, nous avons l'habitude de surcharger d'inscriptions nos monuments publics, et nos maisons les mieux décorées l'ont toujours été par les plus beaux passages de nos auteurs. C'est sans doute uniquement dans notre pays que le jeu préféré des enfants consiste à composer des phrases avec des alphabets imprimés sur des blocs de bois, ou à dessiner puis à peindre des lettres ornées.

Il faut croire qu'une occupation aussi constante à travers toutes les époques de notre histoire comme à travers toutes celles de notre vie personnelle, il faut croire qu'une telle occupation constitue la marque la plus fondamentale de notre peuple et qu'elle manifeste une nécessité intérieure qui nous distingue des autres nations. S'il est facile de constater le fait, il ne l'est pas autant de l'expliquer. Par horreur du secret et par générosité, semble-t-il, notre univers intérieur exige de devenir extérieur, comme si nous estimions le bonheur possible à condition seulement que nous puissions nous retourner comme un gant, à l'encontre des autres peuples, dont la seule étude est de se fermer sur eux-mêmes et de ne montrer qu'une façade.

* * *

Les débuts d'une nation produisant peu d'écrits, nous ne possédâmes pas dès lors une Bibliothèque, au sens sacré où nous entendons ce mot aujourd'hui. La Bibliothèque naquit lentement. Les particuliers prirent l'habitude de conserver chez eux quelques papiers, quelques livres, et de les léguer à leurs enfants. Car si grandes sont la force de persuasion et la vérité de nos livres qu'on ne se résignait pas à les détruire après usage ; les donnait-on, les vendait-on, on était vite envahi par le regret et par le déplaisir de ne plus les posséder, au cas où, peut-être, on en ressentirait un jour le besoin. De toute façon, ces livres ne faisaient qu'occuper ailleurs l'espace qu'ils n'occupaient plus chez celui qui s'en était défait. Le nombre des imprimés et des papiers de famille augmentant avec les siècles, avec la population et avec notre capacité de produire, il fut de mode que chaque maison consacrât une pièce à la conservation des écrits ; agrandie chaque année à cause de l'accroissement des besoins, cette pièce se trouvait la mieux orientée et la mieux entretenue de toute la maison, plus belle et plus confortable que les chambres à coucher. Aussi faisait-elle le principal orgueil du père de famille et y rendait-on le culte familial.

Ce régime ne pouvait durer indéfiniment dans un pays fécond comme le nôtre en écrits de toute sorte. C'est pourquoi le souci de rendre publics certains dépôts particulièrement riches, le désir de mettre fin à de dangereuses rivalités bibliophiliques qui semaient la dissension et menaçaient même l'unité de notre peuple, la volonté d'économiser, en les planifiant, les espaces de plus en plus considérables et nombreux consacrés un peu partout aux papiers, tout cela fit concevoir à notre roi l'urgence d'un édifice exclusivement voué aux écrits. Du reste, à ces motifs, s'ajoutaient chez le roi une vive inquiétude devant la fragilité du papier et la conviction que celui-ci constitue pourtant l'unique moyen par lequel il pouvait espérer transmettre son peuple à la postérité. C'est notre dix-huitième roi qui construisit la première

Bibliothèque ; il fut assez bien inspiré pour la concevoir comme une cellule à laquelle les besoins des siècles futurs allaient pouvoir en adjoindre d'autres en nombre indéfini.

Ainsi qu'il arriva aux vieilles villes de la légende, ce sont l'enthousiasme et la joie populaire qui construisirent la Bibliothèque ; seuls quelques grands propriétaires de livres hésitèrent à entonner des cantiques ; mais les pressions — et peut-être aussi la pensée que le grand œuvre servirait au fond leurs collections bien plus qu'il ne les desservirait — les rallièrent à l'effort national, et leur flamme, rapportent les historiens, ne fut pas désormais peu vive.

Pour occuper le ministère de la Bibliothèque, notre roi recruta, fit instruire et accrut régulièrement un personnel choisi ; il le composa d'abord, non sans habileté, des grands collectionneurs qui avaient pu se croire lésés, puis des fils aînés des familles qui avaient acquis les plus hauts titres de noblesse par leur science scripturaire. Il va sans dire qu'on rechercha passionnément ces nouveaux honneurs, de sorte que notre caste, celle des Conservateurs, respectée au plus haut point dès sa création, devint avec les siècles presque toute-puissante. Notre prestige n'a cessé de grandir jusqu'à nos jours, tant il est vrai que notre peuple reconnaît à leur juste valeur les services que nous lui rendons : nous seuls pouvons lui assurer la survie par celle de ses écritures, comme le promet notre religion ; le peuple sait que le ministère de la sainte Bibliothèque équivaut en fait à celui de l'immortalité, et que, par notre initiation, nous avons solennellement juré de tout sacrifier, y compris nous-mêmes, aux écrits de chacun. Quant à moi, je ne me rappelle jamais sans une terreur divine les serments que j'ai prononcés et le secret qui les entoure.

Telle est donc notre occupation. Imagine-t-on la masse de documents que sécrète une seule vie humaine ? Imagine-t-on la quantité de livres différents et le nombre d'exemplaires de chaque tirage que produisent nos machines ? Imagine-t-on le volume des archives d'un pays comme le nôtre ? Et je ne mentionne pas ici les archives étrangères dont je parlerai tout à l'heure. Nous avons, ancré au plus profond de nous et caractéristique de notre être, un trop grand respect de l'écriture, manuscrite ou imprimée, pour jamais supporter qu'une seule de ses bribes irremplaçables risque la destruction. Quelques lettres réunies en mots, voilà de la vie, voilà de la pensée humaine, individuelle et inimitable ; voilà qui nous émeut au plus haut point, voilà ce que, comme peuple et comme individus, nous préférons joyeusement à tout ce qui satisfait les étrangers : plaisirs, amours, richesses. Aussi n'avons-nous d'autre souci que celui de conserver toutes les archives et tous les livres que, fût-il né il y a mille ans ou cinquante, chaque sujet de notre royaume a laissés derrière lui comme preuve de son court passage sur cette terre ; son existence s'est métamorphosée en une masse d'écritures par laquelle, avec le secours des Conservateurs, il survit à la mort charnelle.

Ce but sublime transfigure l'humilité des soins quotidiens que les Conservateurs dispensent aux écrits de la Bibliothèque ; nous passons notre vie — et d'autres après nous passeront la leur — à maintenir une température et une humidité appropriées aux livres, non aux hommes ; à faire aux cuirs et aux papiers des injections qui leur évitent parasites et maladies ; à désinfecter et à guérir les livres atteints ; à nettoyer, cirer, polir les reliures ; à ranger et à classer. Nos répertoires, dont la complexité et l'étendue exigent des nuées d'officiants, constituent des merveilles où chacun de nos trésors se trouve catalogué selon les neuf cent huit critères de classement que nous avons découverts à ce jour.

Le reste de la population forme la caste des Scripteurs. Heureusement, leur initiation, différente de la nôtre et plus contraignante encore, les contient dans les bornes de leur ministère ; car la turbulence et la conscience de son nombre caractérisent cette caste qui a même voulu, à certaines époques lointaines, réclamer des pouvoirs supérieurs aux nôtres ; vite matés par de nouveaux serments religieux, les Scripteurs ont maintenant perdu de leurs prétentions et se contentent, avec une juste humilité, d'accomplir leur tâche, qui est d'écrire et d'alimenter la Bibliothèque. En plus de rédiger les documents privés et ceux de l'administration nationale, en plus d'honorer les commandes scripturaires que nous passent les peuples étrangers, ils s'appliquent à transformer leur vie en livres à l'intention des générations futures.

II

L'histoire de notre pays, uni comme il l'est par une seule ambition, s'est déroulée avec la tranquille continuité d'un rouleau de papyrus sous le doigt attentif d'un lecteur d'autrefois. Il faut cependant mentionner, ne serait-ce que par parenthèse, le seul événement intérieur qui eût pu devenir funeste pour notre nation. Sous l'empire d'une inspiration que nous ne pouvons que comparer à un accès de la plus noire démence, l'un de nos rois voulut jadis détruire la Bibliothèque de fond en comble. Orgueil démesuré de qui ne souffre pas que l'histoire ne naisse pas avec lui, de qui veut se donner la gloire de fonder la civilisation ? Le peuple trembla tout un jour pour l'objet de ses soins. Le pays en révolte produisit sur-le-champ mille héros prêts à sacrifier leur vie pour sauver celle de la Bibliothèque ; il a suffi d'un seul pour assassiner le roi, et c'est sa statue qui orne depuis toutes les salles de la Bibliothèque. Le nom du roi a été voué à l'exécration publique, martelé sur toutes les inscriptions et effacé de nos livres d'histoire ; il s'est complètement oublié. Effroyable condamnation, car on pourrait croire que ce roi sans nom n'a jamais vécu, n'était la tradition orale qui rapporte l'événement d'un siècle à l'autre. Mais moins précise et plus fragile que la tradition écrite, la tradition orale ne portera pas bien loin le souvenir de ce roi malheureux dont on ignore déjà tout, excepté la folie.

* * *

Nos rapports avec l'étranger se sont la plupart du temps révélés presque aussi simples et cordiaux que ceux de nos citoyens entre eux. Les peuples voisins ont vite reconnu notre supériorité dans le domaine de l'écriture au point qu'ils nous confient depuis des siècles la rédaction et la conservation de leurs chroniques et de leurs archives. La conscience avec laquelle nous avons satisfait de telles commandes nous a conduits à déployer dans cet exercice tant d'habileté et de conviction, tant de ruse et de subtilité que nous y avons acquis une maîtrise encore inégalée. Ainsi s'est codifié chez nous l'art ardu de narrer les exploits d'autrui, art que nous avons voulu fort complexe, auquel nous avons fixé des règles, des figures, des rythmes, des modèles et des plans dont nous conservons le secret dans nos manuels sacrés ; art qui comporte des signes, des calligraphies et des niveaux d'expression différents selon les faits et les pays. Notre réussite eut cependant un effet imprévisible : découragés de ne pouvoir jamais atteindre le quart de nos réalisations, les peuples ont abandonné peu à peu les travaux scripturaires, perdu la science de l'écriture et nous obligèrent de la sorte (il est vrai que notre talent nous y invitait) à devenir malgré nous les secrétaires du monde.

Plus encore, depuis quelques siècles, les peuples ont oublié jusqu'à la science de la lecture. La variété et l'infinie complexité de nos systèmes, nos pensées et nos formes verbales que nos aptitudes naturelles nous invitent à rendre, comme à plaisir, de plus en plus subtiles, finirent par dépasser l'entendement de peuples si peu préparés ; un moment stimulés par nos énigmes, ils s'y acharnèrent avec un zèle que nous nous accordâmes à trouver touchant. Mais le décalage entre leur progrès dans la lecture et le nôtre dans l'écriture s'accrut au point qu'ils perdirent tout espoir de nous suivre. Non sans indulgence ni pitié, nous les vîmes renoncer à leurs efforts.

Ils ne cessèrent pas pour autant de s'arracher nos livres, de les importer à prix d'or, d'en faire le commerce avec leurs voisins qui à leur tour les vendent aux leurs, de sorte que nos travaux, nous rapporte-t-on, traversent les océans et atteignent les pays les plus reculés (que nous n'avons jamais vus et qui ne nous intéressent pas). Je me demande même si nos livres, depuis qu'ils leur sont devenus incompréhensibles, ne leur paraissent pas encore plus sacrés.

Pour expliquer objectivement la démission intellectuelle des peuples voisins, il faut ajouter qu'ils ne peuvent accorder aux mystères des écrits autant de temps que nous. Ils se chargent de nous fournir habitations, aliments, mobilier, et, en général, d'organiser notre vie matérielle, occupations où nous reconnaissons volontiers leur supériorité, de la même façon qu'ils reconnaissent la nôtre dans le domaine du livre. Ils nous taillent des vêtements cent fois meilleurs et plus beaux que ceux que nous pourrions faire, si d'aventure il nous venait la curieuse idée de nous remettre à ces industries.

Nous avons longtemps payé ces menus services avec nos livres et avec nos écritures.

D'après quelques discrets passages de nos historiens, il semble qu'à des époques lointaines les peuples étrangers se soient plaints de ces accords : pour égarer leur intelligence, nous aurions volontairement brouillé les pistes de l'écriture ; notre savoir aurait voulu les abaisser et les asservir. Mais nous avons toujours professé un trop grand respect d'autrui pour leur avoir jamais imposé quoi que ce soit ; s'ils nous servent, c'est qu'ils l'ont choisi ; si notre science semble les écraser, c'est qu'ils s'y sont soumis, non qu'elle les a conquis. La situation de nos peuples les uns vis-à-vis des autres provient de l'acceptation mutuelle de nos vocations : nous avons toujours défini la vie par la contemplation et l'écriture, ils ont toujours cru que produire, vendre, s'enrichir, avoir beaucoup d'enfants constituaient la vie. Ils n'ont donc pas à récriminer contre une situation qu'ont voulue, de leur côté comme du nôtre, nos principes, nos conceptions, nos destins opposés. Et ce que nous leur payions naguère en livres, ne le leur achetons-nous pas maintenant à gros prix ? Leurs exportations chez nous ne leur rapportent-elles pas beaucoup de cet argent qui les fascine et que nous dédaignons ? Et ne peuvent-ils pas se livrer à leur agitation avec une liberté d'autant plus complète que nous leur rendons le service d'assumer à leur place la rédaction et la conservation de leurs documents ? J'espère que leur basse ingratitude ne fatiguera plus nos oreilles, qui sont délicates. Sinon, ils devront se souvenir qu'environ mille ans de leurs archives sont en notre pouvoir.

Il est vrai cependant qu'on chercherait en vain la moindre anicroche dans l'histoire des cent dernières années. Il semble qu'ayant enfin compris notre supériorité nos voisins n'ont maintenant d'autre but que celui de collaborer le plus étroitement possible avec nous : ils nous approvisionnent avec un zèle que nous n'avions jamais connu ; ils nous inventent et nous construisent des presses à imprimer d'une étonnante efficacité, ils acceptent de les faire fonctionner pour nous qui sommes peu enclins à ces sortes de manipulations ; avec leurs propres matériaux, ils assument la réfection et la construction de la Bibliothèque ; ils fournissent des contingents d'ouvriers qui s'occupent de l'entretien matériel de nos collections ; c'est ainsi que l'on voit chez nous des émigrés de plus en plus nombreux que nous tolérons sur notre territoire à cause des services qu'ils nous rendent. Ce renouveau de zèle de la part de nos voisins ne nous coûte pas un prix qui dépasse nos moyens et nous permet de nous livrer en toute quiétude à nos travaux.

* * *

La situation géographique de la Bibliothèque a toujours déterminé les mouvements de notre population, et tel est son rayonnement que les quartiers voisins se sont toujours révélés les plus chers et les plus peuplés. D'autre part, à cause de l'accroissement constant de ses besoins, la Bibliothèque n'a cessé, se développant par apports successifs comme un cristal, d'ajouter des cellules nouvelles à la cellule primitive et d'englober les maisons environnantes. Aussi — et je tremble de joie en l'écrivant — la Bibliothèque recouvre-t-elle aujourd'hui le pays tout entier. Notre peuple vit dans le parfait contentement : il n'a plus besoin de sortir de chez lui, de s'exposer aux fantaisies du climat, de se salir en marchant sur la terre ; tout le pays est sa maison, tout le pays s'est transformé en un seul édifice consacré aux livres et à la vie. Nous pouvons désormais écrire, conserver et lire à domicile. Il n'existe pas de paysage plus beau que ces appartements familiaux accrochés çà et là, à des hauteurs diverses, et capables de glisser sur des tringles devant les remparts de livres qui s'élèvent à perte de vue dans le ciel et qui s'effacent dans le lointain.

* * *

Destinée à grandir indéfiniment, la Bibliothèque doit pourtant renoncer à s'étendre davantage puisque nos frontières le lui interdisent ; comme il n'est pas dans notre nature d'abuser de nos voisins, nous refusons tout à fait de nous exposer aux désagréments qui suivent toujours les expansions territoriales indues. Mais le ciel, lui, n'offre pas de limites, et la Bibliothèque deviendra la Tour de la Science, la Mémoire du Monde. Ce qui ne l'empêchera pas de plonger ses assises de plus en plus profondément dans les ténèbres de la terre, d'y multiplier ses couloirs et ses salles, de projeter toujours plus avant dans le sol aveugle la lumière de la science et de protéger d'autant mieux nos plus précieux trésors. Des ingénieurs des contrées voisines nous ont montré des plans, aériens et souterrains, particulièrement bien pensés, ou qui, en tout cas, nous paraissent tels dans la mesure où nous pouvons comprendre ces techniques. Ils acceptent même d'effectuer les travaux et de recevoir dans leur pays les énormes quantités de terre des excavations.

Réalisée depuis cinquante ans à peine, l'identité entre notre pays et la Bibliothèque soulève notre peuple d'enthousiasme et d'orgueil, sentiments qui s'expliquent tant du point de vue individuel que du point de vue national. Nous pouvons désormais vivre sans cesse parmi la chaleur et le rayonnement des livres, vivre de la Bibliothèque, vivre dans son sein de la façon la plus littérale ; la Bibliothèque confirme dorénavant de manière exemplaire qu'elle est la vie ; en somme, par une union définitive, la Bibliothèque et nous ne formons plus qu'un seul organisme complexe où chacun des éléments se nourrit de l'autre et le nourrit.

Mais nous avons aussi, comme le proclament les devises du régime auxquelles nous souscrivons d'emblée, la certitude que notre destin collectif atteint enfin sa plus haute réalisation, celle que les générations qui nous ont précédés, jusqu'aux plus primitives, préparaient aveuglément sous la poussée de leur instinct. Nous avons la certitude que, parvenus à la cime de notre histoire, à l'apogée de notre évolution, au point de parfait équilibre, le nationalisme le plus lyrique ne peut célébrer assez chez notre peuple une si admirable possession de soi et une si généreuse domination du monde, réalisée par cet édifice sublime qui s'enracine dans la masse des archives universelles.

Fidélité d'un visage

> *J'aurais voulu être, non dans le coin de Chine que représentait cette peinture, mais dans cette peinture même.*
>
> Julien GREEN

Le petit tableau anonyme du dix-neuvième siècle qu'elle venait de se faire adjuger, elle se hâta de le dresser sur une commode du salon et s'assit en face pour se livrer au bonheur de le contempler. Elle l'avait aimé dès le premier regard, par un coup de foudre qu'elle avait rarement ressenti pour ses autres tableaux ; elle les achetait d'ordinaire avec la passion sèche et possessive du collectionneur, sans jamais oublier son état d'antiquaire habile à comparer en un rien de temps le prix d'achat au futur prix de vente.

Dans le silence du salon aux rideaux ouverts pénétrait le soleil jaune de septembre. Spectatrice immobile, elle se sentait tout entière ramassée dans son propre regard ; celui-ci la transportait d'abord dans l'arrière-plan du tableau, dans des étendues de bleus et de verts à peine relevés d'un or éteint :

décor de draperies ou de forêts ? De sa chaise, elle ne pouvait nommer ces verticales, assez floues pour représenter des troncs d'arbres ou les plis d'un rideau, et d'ailleurs ne le voulait pas, amusée par l'ambiguïté.

S'illusionnait-elle ? Au premier plan, cette femme aux tresses noires en fonction de qui seule existait tout le tableau avec sa fausse profondeur, ses couches de peinture, sa toile, ses coups de pinceau, les gestes du peintre et peut-être le peintre lui-même, cette femme penchée de trois quarts sur un plateau de fruits qu'elle offrait, cette femme lui ressemblait comme une sœur ; jusqu'au grain de beauté sur la joue droite qui copiait le sien. Assise devant son portrait et tout simplement heureuse, elle acceptait sans étonnement la ressemblance : l'amour qu'elle éprouvait pour le tableau lui fournissait une explication suffisante de cette rencontre ; le coup de foudre qui l'avait atteinte à la vue du tableau prouvait qu'entre elle et celui-ci se nouaient des liens puissants : depuis le dix-neuvième siècle, ils étaient tous deux faits l'un pour l'autre et se rejoignaient enfin.

Elle se leva pour examiner les mains qui tenaient le plateau ; malgré leur dessin moins fin que celui du visage et leur modelé moins parfait que celui des fruits, c'étaient cependant, un peu grasses et rondes, ses mains à elle, avec sa grosse bague à pierre rouge. Elle remarqua que la femme portait un autre bijou : pendant d'oreille plat et ovale, fait d'une matière miroitante ; en y plongeant le regard, elle eut l'impression de se pencher sur un lac dont l'eau, à peine brouillée par le vent, reflétait des objets noyés depuis des siècles ; mais demeurant à jamais ridée par le pinceau, la surface cachait des trésors qu'on s'épuisait à vouloir reconnaître. Il semblait que l'artiste avait peint dans l'onde du pendant d'oreille une miniature, tableau dans le tableau, flou et estompé, comme un message que personne avant elle n'avait peut-être songé à interroger. À l'aide d'une loupe elle constata que l'image du pendant d'oreille représentait encore le personnage du tableau, mais assis dans sa chaise à elle, face à la toile. Elle revint s'asseoir, le cœur ému par la joie de la rencontre, comme si se terminait enfin une longue séparation.

C'est moi qui habitais au siècle dernier, c'est moi qui habite encore ce monde de bleus et de verts, ce jaune sourd ; devant ces draperies ou ces arbres, j'offrais à quelqu'un qui se trouvait hors du tableau, dans un autre univers, des fruits dont la saveur se retrouve dans la perfection de leur image. Aussi ai-je voulu si fort cette toile : il fallait que je me ramène d'exil, que je réunisse à moi cette part de moi qui me manquait ; aussi ce tableau me rend-il si heureuse maintenant que j'ai conscience que lui et moi ne formons qu'un, ici, dans mon salon.

Quant aux œuvres d'art que j'aimais auparavant — mais, il est vrai, jamais autant qu'en ce cas-ci — que pouvais-je faire de plus que les contempler et les palper ? Mon amour n'arrivait pas à me faire pénétrer à l'intérieur d'elles ou à les faire pénétrer en moi. Incommunicables et se défendant avec hauteur de mes approches, fussent-elles les plus amoureuses, les objets dressaient une barrière entre eux et moi.

Mais ce tableau, je l'habite enfin et il m'habite aussi, je vis heureuse dans sa couche de peinture mince et glacée où j'ai délicieusement froid...

C'est le Paradis qui commence. Le Paradis, ce sera de vivre éternellement dans les œuvres d'art que nous aimons. Non pas seulement, par exemple, dans le paysage suggéré par le tableau, mais dans le tableau lui-même, où nous mènerons une mort d'indicible félicité, une suprême existence dans le monde immobile et polaire des formes, des lignes, des couleurs. Si l'Enfer est peuplé de flammes, le Paradis l'est d'un gel sans fin ; dans les tableaux s'étendent des neiges et des glaces nues comme des os, où chaque âme bienheureuse n'est plus que gel et contemple à jamais son ravissement.

On dirait que, consentante, je commence déjà à résider dans une blanche pierre précieuse, dans un diamant dont les facettes répercutent l'éclat d'une insoutenable et dure lumière où le gel s'apprête à prendre possession de mon âme.

* * *

Un inconnu vint un jour lui offrir, enveloppés dans du papier journal, des objets celtiques, produit de fouilles clandestines. Son premier mouvement fut d'éconduire le vendeur, comme elle le faisait d'habitude pour ces pirates qui possèdent souvent l'art de fabriquer de fort belles œuvres anciennes. Mais, une fois déficelé, le paquet lui montra des bijoux d'or et une statuette de pierre en merveilleux état de conservation qui firent tomber d'un coup tous ses doutes sur l'authenticité de la marchandise : la femme de la statuette et celle du tableau avaient une tête et des traits identiques. Elle sentit même sous sa main le grain de beauté de la joue, relief de pierre à l'ombre des lourds cheveux minéraux. Minuscule excroissance voulue par le sculpteur ou scorie attachée là par un long exil souterrain ? Une bague — assez informe, il est vrai — se trouvait passée à l'un des doigts de la statuette.

Mon ascendance se précise. J'étais aussi au fond de ces forêts boréales où m'a sculptée l'artisan. Puis, cachée dans les replis du sol, compagne de la roche, de l'eau et des vers, entourée de tessons et de bijoux, j'ai dormi pendant des siècles pour renaître aujourd'hui sous mes propres yeux.

* * *

Son métier et sa passion des objets l'invitaient chaque automne, quand les mois chauds et les hordes de touristes avaient terminé leurs ravages, à visiter les métropoles où se tiennent les assises de la curiosité mondiale. Non contente des services de ses rabatteurs, elle tenait à courir une fois l'an, en personne, les ventes publiques, les marchands, les amateurs et les grandes familles déchues qui n'avaient plus les moyens de conserver à la fois leurs collections et leurs palais. Elle mettait l'occasion à profit pour visiter les musées et vibrer de convoitise devant les œuvres échouées là depuis des siècles et qu'elle ne posséderait jamais ; rêvant sur le sort qui les avait amenées de si loin dans le temps et dans l'espace, elle admirait que, malgré leur fragilité et les hasards de leur existence, elles continuassent de vivre sous les yeux de générations toujours nouvelles, et elle s'attendrissait sur la noble et touchante illusion des hommes qui s'imaginent durer en faisant durer des objets.

Au British Museum, elle crut se retrouver dans une grande composition du Primatice ; mais elle ne put acquérir la moindre certitude, le personnage étant trop flou, à l'arrière-plan, dans un coin que les dimensions du tableau plaçaient trop loin du regard.

Dans Amsterdam, les rues de plaisir ni les canaux et leurs ombrages ne la retinrent, mais un collectionneur dont elle fit le siège pendant trois jours ; elle réussit à lui acheter au prix fort une cuiller à fard égyptienne dont le manche se terminait par la même tête de femme aux pommettes saillantes, au grain de beauté d'un noir aussi admirable que celui des vases grecs, à l'œil effilé comme le sien et un peu mongol sous l'épaisse chevelure bleue. Elle prit plaisir à trouver la bague à pierre rouge servant ici de collier à un cou long et gracile.

Devrais-je m'étonner que mon visage se répète dans des œuvres d'époques et de lieux aussi divers ? Mon visage... Peut-être n'est-ce pas le mien, peut-être l'empruntai-je seulement à ces œuvres... D'ailleurs, mon aventure me séduit pour autant que se réalise enfin mon plus cher désir, celui d'entrer dans les œuvres mêmes. Celles-ci ne se ferment plus sur leurs secrets aussi jalousement que naguère ; la patience de mon amour a forcé leur seuil et me permet d'entrer en communion si intime avec elles que nous ne faisons plus ensemble qu'une seule substance heureuse.

Me revoici chez moi, entourée de mes objets, entourée de moi-même. Cependant mon existence n'est plus ici qu'un simulacre de vie ; la vraie vie se trouve à l'intérieur.

Pourquoi me le cacher ? C'est la mort qui s'installe peu à peu, mais la mort que je considère comme un passage du dehors au dedans, comme l'accession à la forme suprême de la vie.

La certitude que j'ai de ma mort lente est maintenant suspendue à un fil, celui de l'artiste qui me peindra à cette époque-ci. Si des reflets de mon visage passé se trouvent sans doute un peu partout, dans des collections d'Amérique et d'Asie, ou accrochés comme ex-voto dans des églises enfumées par les cierges et l'encens, je n'ai pas eu le curieux plaisir de voir mon visage se créer dans une œuvre contemporaine. Pourquoi cette rupture depuis l'anonyme du dix-neuvième siècle ? Serait-ce parce que je ne vis pas ? Il me semble que je suis morte.

* * *

Sous prétexte qu'elle le trouvait beau et qu'elle éprouvait pour ses vices et ses misères une sorte de pitié peut-être mêlée d'envie, elle donnait souvent quelques repas à un jeune peintre inconnu qui la remerciait par des toiles bizarres ; elle n'y discernait aucun talent et, ne sachant qu'en faire, elle les entassait dans son entre-sol. Il lui offrit un jour de peindre son portrait.

Voilà que le grand jeu se poursuit et que la mort approche. J'étais inquiète. La chaîne allait se briser, j'allais vivre encore. Je n'aurai plus besoin de m'attarder ici désormais. Je sens que je commence à quitter l'illusoire. Même si mon peintre n'a pas de talent, je sais aujourd'hui qu'au moins un de ses tableaux durera.

Elle pria donc le jeune Modigliani de peindre sa bague à pierre rouge en guise de collier au long cou qu'il lui fit et lui recommanda avec insistance de ne pas oublier son grain de beauté sur la joue droite.

* * *

Ses voyages l'amenèrent l'année suivante à Pompéi dont elle n'avait jamais admiré les peintures qu'en photo. Comme son goût la portait volontiers vers la profusion et l'exubérance des arts baroques, elle s'intéressa vivement aux murs décorés de fausses architectures et de jardins en trompe-l'œil. Elle s'arrêta avec complaisance devant une cloison où un artiste de Campanie avait peint, aidé d'une admirable science de la perspective, une rue encombrée de portes triomphales, de trophées, de statues et de portiques à colonnes ; elle réfléchit quelques instants, s'étonna de la ferveur qui l'habita tout à coup, puis entra dans la fausse rue.

Elle s'avança dans la Voie Sacrée sans perdre la certitude qu'elle marchait en même temps dans l'épaisseur de la peinture. Pénétrée par le froid et la félicité, elle vit bien que l'élan des arcs les plus vertigineux n'avait d'autre secret que le gel, que les colonnades étaient composées de piliers de glace portant des frontons de neige et que chaque portique formait une niche où rêvait la statue glaciale d'une âme bienheureuse. Environnée de lumière, sentant la blanche épingle du gel lui percer le cœur et lui insuffler une vie nouvelle, elle gagna la niche qui lui était destinée et s'y confia à une brume froide flottant comme une oriflamme.

NOTICE BIBLIOGRAPHIQUE

L'édition originale de *La mort exquise* a paru au cercle du Livre de France, en novembre 1965. « Le pèlerin de Bithynie » avait au préalable été publié dans *Incidences*, n° 5, avril 1964 et a été lu par Gérard Poirier, le 13 juillet 1988 à la radio MF de Radio-Canada (réalisation : Gilles Archambault) ; par ailleurs « La mort exquise » et « Fidélité d'un visage » avaient figuré au sommaire des *Écrits du Canada français*, n° 20, 1965. Certaines nouvelles du recueil ont été retenues dans des anthologies : « La mort exquise » et « L'auteur du *Temps d'aimer* », dans l'*Anthologie de la nouvelle et du conte fantastique québécois au XXe siècle* de Maurice Émond (Fides, 1987), « La mort exquise », dans *Le fantastique même : une anthologie québécoise* de Claude Grégoire (L'instant même, 1997) et « Autobiographie », dans l'*Anthologie de la nouvelle au Québec* de François Gallays (Fides, 1993).

MARQUIS

Québec, Canada